曾心小诗 500 首

曾 心 著
王 珂 编

东南大学出版社
·南京·

图书在版编目(CIP)数据

曾心小诗 500 首/曾心著；王珂编. —南京：
东南大学出版社,2017.4
　　ISBN 978-7-5641-7081-3

　　Ⅰ.①曾…　Ⅱ.①曾…　②王…　Ⅲ.①诗集-中国-当代　Ⅳ.①I227

中国版本图书馆 CIP 数据核字(2017)第 051511 号

东南大学社会科学横向研究项目、东南大学现代汉诗研究所 2017 年度国际交流重点研究项目"曾心小诗编选出版及研究",项目编号:DX201701

曾心小诗 500 首

出版发行：东南大学出版社
社　　址：南京四牌楼 2 号　邮编：210096
出 版 人：江建中
网　　址：http://www.seupress.com
经　　销：全国各地新华书店
印　　刷：江苏兴化印刷有限责任公司
开　　本：787 mm×960 mm　1/16
印　　张：17
字　　数：270 千字
版　　次：2017 年 4 月第 1 版
印　　次：2017 年 4 月第 1 次印刷
书　　号：ISBN 978-7-5641-7081-3
定　　价：48.00 元

本社图书若有印装质量问题,请直接与营销部联系。
电话：025-83791830

编委会名单

主任委员：王 珂

副主任委员：江建中

委员：(以姓氏笔画为序)

刘庆楚　　李 玫　　汪 政　　张 娟　　范 雪

於 露　　郑政恒(中国香港)　　傅天虹(中国澳门)

秘书长：范 雪　　刘庆楚

本书简介

　　本书收入泰华作家、诗人曾心六行以内小诗精品500首。曾心的诗，题材丰富，体裁完美，意象奇特，哲理深刻，在百年新诗史上的小诗史中颇具特色，具有独特的文体价值，具有"现代语言"和"现代诗体"与"现代情感"和"现代精神"；继承了小诗诗体的说理传统，却打破了小诗"理"大于"情"、"理"大于"事"的文体局限，将"理"变成了"理趣"；赋予世俗平民生活浓郁的诗意，克服了小诗的诗体形式的单调乏味，采用了"双行体"等多种诗体形式，十分重视小诗的排列美，让小诗更有诗质。著名理论家吕进教授写的序言和著名诗评家王珂教授写的评论，增加了本书的学术性，使本书既有艺术价值，也有学术价值。

　　本书的读者对象是新诗爱好者和研究者，尤其适合大中小学生阅读。

目 录

小诗的泰华诗圣
　　——《曾心小诗500首》序……………………………… 吕　进　1
曾心小诗的文体价值……………………………………………… 王　珂　8

2002 年

品　位/1　　　　秋/1　　　　　那只手/2

2003 年

一瞥惊心/3　　　老　井/6　　　蛙/9　　　　　　佛　眼/12
画　画/3　　　　牛/7　　　　　万年青/10　　　 暗　礁/13
把　脉/4　　　　风　铃/7　　　海　螺/10　　　 在佛寺里/13
风与石鹰/4　　　风　车/7　　　年　轮/11　　　 桂河桥/13
树叶独语/4　　　绝　壁/8　　　立体交叉桥/11　 火　山/14
跳　高/5　　　　一线天/8　　　茶　叶/11　　　 大　象/14
送　行/5　　　　握　手/9　　　刊头诗/12　　　 主人与笼鸟/15
春　天/6　　　　入　定/9

2004 年

雕　刀/16　　　 萤火虫/18　　　人工雨/21　　　芭蕉叶/23
雷　声/16　　　 渡　口/19　　　湄南河/21　　　萍/24
蝉/17　　　　　 火　石/19　　　龟/22　　　　　行　囊/24
卵　石/17　　　 吃　斋/19　　　脸/22　　　　　株　连/25
日　记/17　　　 观赏的企鹅/20　椅　子/22　　　鸟/25
乌　鸦/18　　　 黑与白/20　　　钓/23　　　　　红玫瑰/25

庭　园 / 26　　　网　鱼 / 30　　　油　条 / 33　　　榴　莲 / 37
锚 / 26　　　　　雨与树 / 30　　　野　鸭 / 34　　　聆　听 / 38
石　头 / 27　　　向日葵 / 30　　　游　泳 / 34　　　火　车 / 38
拦路石 / 27　　　感悟莲花 / 31　　昙　花 / 35　　　放水灯 / 39
照　片 / 27　　　窗 / 31　　　　　诊　病 / 35　　　峰 / 39
木　瓜 / 28　　　丰　收 / 32　　　剪　贴 / 35　　　苍　穹 / 39
墙 / 28　　　　　楼　梯 / 32　　　风　兰 / 36　　　太阳哭了 / 40
伤疤诗 / 29　　　啊！诗人 / 33　　茉莉花 / 36　　　赈灾潮流 / 40
大自然的儿子 / 29　鸡冠花 / 33　　斗　鱼 / 37　　　剑兰花 / 41

2005 年

观　花 / 42　　　吸尘器 / 46　　　老树三棵 / 50　　老　屋 / 53
灯与黑夜 / 42　　蚯　蚓 / 46　　　老　缸 / 50　　　错　案 / 54
三角梅 / 43　　　造　屋 / 47　　　水　泡 / 50　　　忍　功 / 54
唐人街写真 / 43　桥的埋怨 / 47　　天台上的树 / 51　休　闲 / 54
山　竹 / 43　　　金链花 / 48　　　雄　鸡 / 51　　　问　题 / 55
狗 / 44　　　　　凉　亭 / 48　　　鹦　鹉 / 52　　　感　触 / 55
与缪斯相约 / 44　登　高 / 48　　　错　时 / 52　　　放生(龟/鱼) / 56
蒲公英 / 45　　　冰 / 49　　　　　老菜脯 / 52　　　175号列车 / 56
鹅 / 45　　　　　芦　苇 / 49　　　季　节 / 53　　　老　柳 / 57
电风扇 / 45

2006 年

解雇当夜 / 58　　老　车 / 62　　　鼓浪屿 / 65　　　石　磨 / 69
影　子 / 58　　　老　树 / 62　　　红　豆 / 66　　　陨　星 / 69
思　念 / 59　　　牵牛花 / 62　　　门 / 66　　　　　伏　睡 / 70
老　路 / 59　　　灵　感 / 63　　　石　榴 / 66　　　浪　花 / 70
溪　流 / 59　　　两颗萤火 / 63　　泼水节 / 67　　　甜　梦 / 70
佛教城 / 60　　　竹　筏 / 64　　　水 / 67　　　　　雨　中 / 71
窥　世 / 60　　　孤　岛 / 64　　　烟　花 / 68　　　沙 / 71
雨如是说 / 61　　盆　景 / 64　　　椰　子 / 68　　　诗　魔 / 72
眼　镜 / 61　　　退休即景 / 65　　问　花 / 68　　　闹　钟 / 72

树　叶／72　　　球／74　　　底　片／76　　　小诗磨坊亭／77
登　山／73　　　海　潮／74　　　筷　子／76　　　领　带／77
探　海／73　　　月　饼／75　　　变　色／76　　　价　值／78
调　位／74　　　池／75

2007 年

花　语／79　　　寻　找／81　　　跳　绳／82　　　红头船／84
小舟三境／79　　陀　螺／81　　　挥　毫／83　　　路　灯／84
炊　烟／80　　　池　鱼／82　　　一颗星／83　　　围　炉／84
诗国梦／80　　　笋／82

2008 年

龟的决心／86　　碑／91　　　　老椅子／97　　　竹　帽／103
伤　悲／86　　　一尾鱼的发现／92　记事本／98　　　局　势／103
瀑　布／87　　　鸟的自由／92　　垂钓的喜悦／98　九皇斋／103
蜗　牛／87　　　蚂　蚁／92　　　描　红／99　　　漓　江／104
火　柴／87　　　股票市场／93　　跳　水／99　　　夜明珠／104
苦　瓜／88　　　佛／93　　　　诠　释／99　　　岸　石／105
石磨飞转／88　　云的软功／94　　天　心／100　　　黑瓜子／105
春来了／89　　　心　祭／94　　　铜　像／100　　　燕　窝／106
螳螂的大腿／89　补　地／95　　　月亮日记／101　　酸辣汤／106
看　夜／89　　　连心锁／95　　　星星树／101　　　哈　达／107
无　缘／90　　　默哀时刻／96　　打　靶／102　　　石的惊觉／107
哭　诉／90　　　双向道／96　　　泡泥浆／102　　　囚萤火／108
蛤蟆的真实／91　看地图／97

2009 年

冰　箱／109　　　说旧事／111　　抱　春／113　　　拜月亮／115
我与书／109　　　老人话／111　　打太极／113　　　老相册／116
两个影子／110　　春　牛／112　　水　布／114　　　"阿爽树"／116
雨中品茗／110　　锁　头／112　　玩　诗／114　　　塔　影／117
永久的家／110　　裱书画／113　　菩　提／115　　　不倒翁／117

捉蝴蝶/118	捉 月/121	醉 月/125	老 鹤/129
回 馈/118	白烛光/122	弓/126	小 船/130
池 鳄/118	蜻蜓点水/122	杨 桃/126	槟 榔/130
修 炼/119	钓相思/123	树自语/127	沙 滩/131
念 经/119	落叶自语/123	九寨沟/127	晚 霞/131
绿 洲/120	雨的宿望/123	黄 龙/128	盼 雨/131
粽 子/120	中 秋/124	岷 山/128	铸 诗/132
钓童真/121	人妖表演/124	杜甫草堂/129	相思豆/132
小 贩/121	珠穆朗玛峰/125		

2010年

卧 佛/133	歌 谣/142	浮 生/150	玩 沙/158
化 缘/133	清 明/142	蝙 蝠/151	钟 楼/158
墨 迹/134	行人道/143	地 瓜/151	祭 祖/159
太阳雨/134	鱼的命运/143	猫 说/152	跷跷板/159
缪斯和我/135	问 路/144	月的情绪/152	圆图章/160
北京鸭/135	落 日/144	花/152	留言簿/160
第一枝/136	啼 血/144	根/153	归 雁/161
玉 佛/136	学禅坐/145	性/153	诗 岛/161
青花瓷/137	风 筝/145	临摹《兰亭序》/154	秋 叶/162
麻 雀/137	啄木鸟/146	田 螺/154	小白鼠哀思/162
小溪流向/138	时 间/146	画日出/155	边界线/163
和 尚/138	树的哲学/147	玩 球/155	龙盘艺苑/163
莲 叶/139	老树静观/147	蜘 蛛/156	山中蔬菜/164
莲 花/139	吊 车/148	省 悟/156	拱桥口/164
莲 蓬/140	活壁画/148	念 珠/157	冬三帖/164
莲 藕/140	月光酒/149	世博神鸟/157	自画牛/165
稻/141	竹篱笆/149	夜上海/158	交 棒/165
斗 笠/141	蝉 鸣/150		

2011年

预 告/166	高尔夫球/166	古 寺/167	元 宵/167

露／168　　　　黄山行／169　　　　临未名湖／171　　　洪　劫／173
六行内小诗／168　　龟的行程／170　　　见《荷塘月色》／172　七夕礼物／173
情人节／168　　　　粽子魂／170　　　　那棵椰树／172　　　我见陶渊明／174
蕉　叶／169　　　　童　年／171　　　　草和山／172　　　　色　盲／174

2012 年

美人鱼／175　　　　墨　鱼／178　　　　蜻　蜓／181　　　　无题歌／184
春　雨／175　　　　槟　榔／179　　　　品　牌／181　　　　英　雄／184
赠　诗／176　　　　宋干即景／179　　　撑杆跳高／182　　　海　带／185
钓　鱼／176　　　　神　九／179　　　　奥运奖台上／182　　三峡·红叶／185
鹏　鸟／177　　　　种　子／180　　　　风兰的性情／183　　巫山新城夜景／186
金鱼的叹息／177　　雪的意象／180　　　钓／183　　　　　　梦　境／186
李白的月亮／178

2013 年

拜四面佛／187　　　烹调冷盘诗／189　　那株兰／192　　　　雨　巷／193
残　荷／187　　　　八卦图／190　　　　钓　月／192　　　　诗的味道／194
母　爱／188　　　　三个标点／190　　　竹的表白／193　　　镜　框／194
白沙子／188　　　　得　道／191　　　　唐人街／193　　　　一品红／195
等　春／189　　　　家乡的路／191

2014 年

一滴露／196　　　　与春有约／198　　　树的牵挂／200　　　三圆图／202
窗　外／196　　　　千年菩萨／198　　　天　泪／201　　　　萤火的事／203
诗的风向球／197　　一朵红棉／199　　　磐　石／201　　　　三人行／203
距　离／197　　　　窃　喜／199　　　　诗人啊,诗人／201　蜗牛的家／204
老　马／197　　　　禅的音符／200　　　搬　书／202　　　　农村老屋／204

2015 年

自然的心事／205　　苦行僧／206　　　　横　渡／207　　　　相思湖／209
钵　盂／205　　　　题紫薇／207　　　　看地图／208　　　　船内船外／209
碗的哲学／206　　　花与诗／207　　　　一盘真话／208　　　象　山／210

千年龟/210	跳绳的感觉/212	临　帖/213	挥　毫/214
竹斗笠/211	羽毛笔/212	行　笔/213	陪陶渊明种菊/215
相同的兰花/211	墨　迹/213	出　师/214	山顶等春/215

2016年

画　兰/216	陪柳宗元钓雪/219	孤　灯/221	九皇斋素描/224
树的生活/216	静　极/219	松　鼠/222	爆开的鞭炮/225
爬　树/217	人　生/220	蚂蚁之志/222	种桃桩/225
猴　年/217	中国诗魂/220	"蝴蝶"上网/223	云/225
荷池图/217	舶来的猫/220	有缘的一滴水/223	夕阳自语/226
窗外窗内/218	海　螺/221	佛　前/224	候　鸟/226
邂　逅/218			

写小诗情思谈片……………………………………… 曾　心　228

小诗的泰华诗圣

——《曾心小诗500首》序

吕　进

　　读曾心的小诗实在是一种审美享受。在泰华诗坛,我觉得,岭南人是抒情诗的诗仙,曾心是小诗的诗圣,他们两位代表了当今泰华诗歌的高度。

　　我认识曾心是在中国,在广东韶关,可能已经有十来年了吧。那是一次东南亚诗人的聚会,从那以后,我就一直关注着这位富有才情的泰国诗人。他的职业是医生,可是,他的心灵世界完全是诗的世界。就像《文心雕龙》说的那样,他"登山则情满于山,观海则意溢于海"。我每每有这样的阅读体验:世界经过曾心诗笔一点,刹那间就变成了妙不可言的诗美世界。一次普通的握手,在曾心这里,就被诗化了:

　　　　那次在鹭岛
　　　　握出一树凤凰花

　　　　这次在湄南河畔
　　　　握出一江温情

　　　　下次不知在何处
　　　　掌心早已握满思念

　　曾心在诗歌艺术上的成熟的标志,就是他的诗的平淡风格。他有一首《季节》:

宝贵的人生
只剩下一个
季节

冬
落其华芬
——一个平淡之境

可以在诗歌史上看到一个普遍现象：诗人越成熟，他的作品就越平淡。镂金错彩，珠光宝气，华词满篇，扑朔迷离，是年轻诗人易犯的毛病，是写诗幼稚病。"才大于情"绝对不是诗人高明的证明。如宋人苏轼所说："绚烂之极，归于平淡"，也如另一个宋人葛立方所说："落其纷华，乃造平淡之境"。读曾心的小诗，读者很容易进入响应性状态。

不要小看诗的平淡，只有拥有写诗资历并懂得诗美奥秘的人才能攀登到这个高峰。平淡的诗读者易读，但这并不表示诗人易写；反过来，读者难读的诗，并不表示诗人难写；"苦而无迹"是一切有才华的诗人的共同特征。

曾心小诗的平淡还有佛光的普照。诗歌无国界，诗人有祖国。泰国是一个"黄袍佛国"。信奉佛教的人占全国总人口94.6%。三色国旗中的白色就象征着宗教，象征着宗教的纯净。因此，泰国文学与诗歌总是在佛光的沐浴下，在佛祖的怀抱中。曾心的小诗也显示了这一特征。他的诗，许多感悟方式和表达方式都有佛的光亮：一花一世界，一叶一佛来。在曾心的小诗里，"佛"是常见题材。且读他的《佛》——

在半闭半开的佛眼前
我一无所求

从心灵的书架上
掏出珍藏的佛经
念诵再念诵

我也是一尊佛

诗人"也是一尊佛"。在他的小诗里,崇尚忍让,呵护安宁,爱好和平的心态完全可以触摸,这其实就是信仰佛教的泰国人的普遍心态。曾心有一首《秋叶》,可以当作诗人的诗美追求来读:

> 一片黄叶
> 飘落一潭秋水
> 有声有色有形
>
> 沉淀我的心湖
> 无声无色无形

内视点决定一首作品对诗的隶属度。诗人"肉眼闭而心眼开",在心灵世界漫游。因此诗是不讲理(论)、不合(语)法的艺术,诗人"情到深处,每说不出",像禅家所言,"无数量,无形相,不可觅,不可求,不可以智慧识,不可以言语取"。诗是无言的沉默,无声的心绪,无形的体验。在这一点上,诗家的确和释家是相通的,而曾心是沟通诗家和释家的能手。

唐人司空图说:"浅深聚散,万取一收。"德国学者黑格尔说过:"诗就是清风吹过竖琴发出的一阵短暂的乐音。"小诗只有短短几行,就更是短暂乐音式的诗体了。这注定了它是"以少少许胜多多许"的艺术,仰仗读者想象力的"空白艺术","妙于笔墨之外"的艺术。小诗诗人的基本功就是处理"一"与"万"的技法,诗人的高低、诗歌的文野的区别就在这里。小诗首先要善于从"万"取"一"。这个"一",必须是体积小而诗的含量大的"一";然后诗人就去最大限度地提炼"一",去掉它的一切杂质,提升它的诗美纯度和厚度,"寓万于一";再然后,诗人"以一驭万",让这个"一"成为诗美世界的"一"。诗人没有权力将读者局限于原生态的"一",而是用"一"去激发读者的想象力,让他们"精骛八极,心游万仞"。"一"是小诗的外貌,"万"是小诗的艺术容量。从这个角度,我们可以公平地说:曾心是位诗艺大家。他有足够的诗的敏感,善于从大千世界里选取、提炼那个"一",再让"一"升华成

"万"。诗是内视点的文学。曾心的小诗化心为物和以心观心的很少,基本是用以心观物作为内视点的存在方式,他留意客观世界里那些超出机制较强,也就是表现性较强的事物,以心观物,给了我们许许多多佳篇美制。

且读他的《油条》——

  本来软绵绵
  熬煎后
  赤裸裸
  紧紧相抱

  不管外界多热闹
  此时,只有他俩

且读他的《窗》——

  众人睡了
  我还醒着……

  日夜睁大眼睛
  因为我不放心这个世界

且读他的《浪花》——

  跳出母亲的怀抱
  追风逐雨

  咯咯的笑声
  突然撞到山脚
  碎了
  洒下尽是泪

且读他的《冰》——

　　晶莹剔透
　　没有一点私心

　　看我溶化后
　　一无所有

且读他的《黑瓜子》——

　　黑——白
　　阴——阳

　　阴的是月亮的女儿
　　阳的是太阳的儿子

　　一枚宇宙初始的胚胎

　　在曾心笔下，这样的诗篇太多太多了。这是油条、窗、浪花、冰、瓜子，这又不是油条、窗、浪花、冰、瓜子。像东坡居士所说："似花还似非花。"诗人带领我们巡游世界，但这已经是诗歌太阳重新照亮的世界了：到处诗意盎然，到处美不胜收。读者到了这个世界，就呼吸着诗美的幽香，张开了自己想象力的翅膀，也打开了自己哲理智慧的大门。"言近而旨远者，善言也。"诗人将普普通通的"一"的可述性减至最小程度，将它的可感性增至最大程度，这就给了"一"最多的机会，让它成为了丰满、丰富、丰厚的诗的"万"。

　　冰心的《繁星》和《春水》奠定了小诗在中国新诗史上的地位。此后的近百年，小诗一直在发展。2006年，在泰国出现了小诗磨坊：岭南人、曾心、博夫、今石、杨玲、苦觉和蓝焰，七位泰华小诗诗人吹响了集结号。加上作为指导者的台湾诗人林焕彰，这"7+1"的队伍"十年磨一剑"，使得泰国成为汉语小诗的重镇，队伍也扩大为13人。曾心在2016年初，有一首《诗的纤绳》，是为"小诗磨坊"成立 10 周年而作的——

> 十一位赤脚的纤夫
> 拉着一架古老的石磨
>
> 和着 3650 个日夜星辰
> 顺着天地"呼隆"旋转
>
> 十年磨出一条诗的纤绳
> ——2410 首小诗的连线

　　"小诗磨坊"的诗人们运用汉语的纯熟,令人惊叹。生于泰国曼谷的坚谐·塞他翁(曾心)是"磨坊"的代表性诗人,他的《凉亭》是泰华诗坛的第一部小诗诗集。

　　诗是形式为基础的文学,对于诗,形式不仅是形式,也是内容。诗体集各种形式的美学因素之大成,无体则无诗。汉语新诗到 2018 年 1 月就已经百年了,在这一百年的探索里,许许多多的诗人进行了建设新诗诗体的探索,比如冰心、臧克家、郭小川、林庚、何其芳、卞之琳、邹绛等等,都有显著的贡献。近些年,到处都有诗人在推进新诗诗体的多样化创造,格律体新诗和小诗的进展尤为令人瞩目。但是,诗体建设迄今仍是新诗文体建设的弱项。一些时髦理论家宣传什么"没有形式就是新诗的形式""新诗的灵魂就是自由"等等,非常荒唐可笑。他们总想取消一切旨在创造新诗诗体的努力,贬低这种努力,歪曲这种努力,丑化这种努力,这是诗坛上的人们应当警惕的。在这样的语境下,我们尤其应当向泰国的小诗磨坊致敬,向曾心致敬,向他们在汉语小诗诗体建设上的贡献致敬,他们的贡献是具有文学史意义的。我坚信,历史会属于中外建设新诗诗体的诗人们。

　　十年来,曾心和我结下了深厚的友谊。他多次来重庆参加华文诗学名家国际论坛,还发表过主题讲演。他和钟小族主编的《吕进诗学隽语》在泰国、中国大陆和中国台湾同时出版,还来西南大学出席这部书的研讨会。《曾心小诗 500 首》的出版,我非常高兴,我愿意向曾心,也向小诗磨坊的朋友们合十,送上我的远方的祝福。

2016 年 12 月 13 日,于北碚静斋

吕进:(1939—),四川成都人。历任西南师范大学中国新诗研究所所长,中国诗学研究中心主任,中国现当代文学博士生导师,二级教授,重庆市文联主席,现任重庆市文联荣誉主席。著有专著《新诗的创作与鉴赏》《给新诗爱好者》《一得诗话》《新诗文体学》《中国现代诗学》《画梦与释梦——何其芳创作的心路历程》《吕进诗论选》《文化转型与中国新诗》《对话与重建》《现代诗歌文体论》《20 世纪重庆新诗发展史》等,编著《四川百科全书》等。

曾心小诗的文体价值

王 珂

摘要：近年华语新诗界涌现多位优秀的小诗诗人，曾心是其中的佼佼者，他的现代小诗创作在百年新诗史上的小诗史中颇具特色，具有独特的文体功能和文体特征，在小诗的现代性建设上，特别是小诗的诗体现代性建设上作出了较大贡献。他的小诗可以称为"现代小诗"，具有"现代语言"和"现代诗体"与"现代情感"和"现代精神"。他有文体自觉性，继承了小诗诗体的说理传统，却打破了小诗"理"大于"情"、"理"大于"事"的文体局限，对小诗的文体功能作了较大的改进，将"理"变成了"理趣"。他追求的正是诗意的世俗性和诗歌写作的自主性，他的小诗具有林以亮所言的"现代诗的精神"。他善于在日常生活中发现诗，赋予世俗平民生活浓郁的诗意，使自己能够"诗意地栖居"。他克服了小诗的诗体形式的单调乏味，却采用了"双行体"等多种诗体形式，十分重视小诗的排列美，让小诗更有诗质。

关键词：现代小诗；现代性；文体自觉；工匠精神

近年华语新诗界涌现出小诗创作热，出现了林焕彰、白灵、傅天虹、黄淮等多位优秀的小诗诗人，曾心是其中的佼佼者。2006 年，林焕彰在《六行、天地宽广——序曾心小诗集〈凉亭〉》中说："从 2003 年元旦起，'刊头诗'在泰国、印度尼西亚《世界日报》副刊版同时出现，迄今已有三年七个多月；每日一首，是从未间断过。作为'小诗'的一种新形式(限六行内)的尝试，已通过时间的考验，证明泰华、印华诗人对诗创新形式的要求，以及在六行以内的有限篇幅中，要展现个人内在蕴含的能量，存在着极大的可能性，而大多数诗人也乐于挑战，纷纷尝试，主动投入到'刊头诗'的写作行列。……在泰华、印华'刊头诗'写作群中,曾心不仅是率先响应者之一,而且也是一位'健将'。三年多来,他已创作了近二百首,且已积极凝集泰华'刊头诗'写作群,成立一个具有激励性、研讨性的'小诗磨坊'(似沙龙式的俱乐部),在固定场所,做不定期的聚会,研讨六行以内'小诗'写作的种种艺术性的议题,为'小诗'写作者探讨理论基础,以期再扩大影响,更上一层楼。"[1]2009年台北秀威资讯科技股份有限公司出版的《玩诗,玩小诗——曾心小诗点评》的封二这样介绍曾心:"曾心,生于泰国曼谷,祖籍广东普宁。毕业于厦门大学汉语言文学系,深造于广州中医学院。返泰后,从商、从医。著有:《大自然的儿子》《心追那钟声》《蓝眼睛》《一坛老菜脯》《曾心文集》《曾心短诗选》《凉亭》《给泰华文学把脉》等12部。作品在国内外多次获奖,多篇被选入中泰教材。"[2]该书的封底这样介绍这本书:"小诗是汉语新诗的重要品种。初期的新诗主要是从西方诗歌寻找出路,小诗开辟了向东方诗歌借鉴、向唐诗的绝句小令继承的新路。其行数在十行以内,以至一行都属于小诗范畴。本书收入泰华作家、诗人曾心六行以内小诗159首。这些小诗为读者创造了许多意象,具有理趣和饱含暗示。每首诗都是经过中国现代诗歌评论界大家、西南大学博士生导师吕进教授精心的筛选和言简意赅的评点。全书分六卷,既有写社会、写大自然、写情爱、写生的渴望、写人的心态,又有写风花雪月、写日常生活、写念经坐禅等。"[3]诗评家吕进在序中也高度评价了曾心小诗创作的成就:"近年在泰华文坛上小诗也开始露头。最先是台湾诗人林焕彰在他主编的《世界日报·湄南河》副刊推出刊头诗,篇幅在六行以内的刊头诗其实就是小诗。经过几年的跋涉,2006年,岭南人、曾心、博夫、今石、杨玲、苦觉、蓝焰,再加上台湾的林焕彰,在曼谷7+1组成'小诗磨坊',泰华小诗诗人就吹响集结号了。诗磨不停,诗香遍地。正是在这样的语境下出现了曾心,他的《凉亭》是泰华文坛的第一部小诗集。曾心的小诗写社会,写

---

[1] 林焕彰:《六行、天地宽广——序曾心小诗集〈凉亭〉》,留中大学出版社2006年版,第8—9页。

[2] 曾心、吕进:《玩诗,玩小诗——曾心小诗点评》,秀威资讯科技股份有限公司2009年版,封二。

[3] 曾心、吕进:《玩诗,玩小诗——曾心小诗点评》,秀威资讯科技股份有限公司2009年版,封底。

大自然,写情爱,写同情。在他的笔下,小诗不小,真是'一花一世界,一叶一佛来'。"①曾心小诗的成就也得到了华语诗界的公认,2009年11月,西南大学中国新诗研究所举办第三届华文诗学名家国际论坛,曾心提交了论文《论六行内的小诗》,一共只有四位重要专家在开幕式上做主题演讲,曾心就是其中之一。2014年2月25日,《首届国际潮人文学奖(2000—2012)》报道说:"热烈祝贺'小诗磨坊'召集人曾心的《曾心自选集——小诗300首》诗集,荣获'首届国际潮人文学奖'诗歌奖,这不仅是曾心个人的荣誉,也是泰华'小诗磨坊'的荣誉。此奖的获得,说明了以六行内新诗体'创格'的尝试,获得诗学界的认可。这是很可喜的,小诗磨坊同仁加油!"②颁奖评语如下:"《曾心自选集》诗集以短诗形式,意象诠释千姿百态的存在镜像,以此表达对生活乃至生命的热爱。其语言精简、质朴,有情趣,可归类为老诗人借物抒情言志的咏怀诗。"③

  以上这些评价都比较公允准确,曾心的小诗创作在当今小诗热潮中,甚至在百年新诗史上的小诗史中,都颇具特色。尤其在小诗的文体功能和文体特征上,颇有创意。吕进对此也作了较高的评价。"小诗有它的文体可能,也有它的文体局限。世界上没有万能的诗体。曾心的诗告诉我们,小诗的基本特征是它的瞬时性:瞬间的体验,刹那的感悟,一时的景观。给读者一朵鲜花,让读者去领悟春天的喧闹;给读者一片落叶,让读者去悲叹秋天的寂寞。瞬时性不是对小诗的生命的描述。瞬时性来自长期的情感储备和审美经验的积淀。'蚌病成珠'。优秀的小诗正是这样的情绪的珍珠。"④

  曾心的小诗冲破了小诗的"文体局限",创造出小诗的"文体可能"。小诗的文体局限主要有以下几点:1.篇幅太短,字数太少,无法展开情节和抒

---

① 吕进:《寓万于一,以一驭万——漫说曾心》,曾心、吕进:《玩诗,玩小诗——曾心小诗点评》,秀威资讯科技股份有限公司2009年版,第4页。
② 小诗磨坊:《首届国际潮人文学奖(2000—2012)》,http://blog.sina.com.cn/s/blog_4ad87d7b0101ilv3.html.
③ 小诗磨坊:《首届国际潮人文学奖(2000—2012)》,http://blog.sina.com.cn/s/blog_4ad87d7b0101ilv3.html.
④ 吕进:《寓万于一,以一驭万——漫说曾心》,曾心、吕进:《玩诗,玩小诗——曾心小诗点评》,秀威资讯科技股份有限公司2009年版,第4—5页。

写细节。2.小诗是外国诗体,来自东方印度和日本,在草创期主要受到泰戈尔和日本俳句的影响,过分追求哲理性和空灵感。新诗史上最早的两位小诗代表性诗人的诗作——冰心的《繁星》和《春水》与宗白华的《流云》也过分追求哲理。3.小诗的诗体单一,通常只有一个诗节,无法利用诗的分节来造成诗意的起伏和诗形的美丽,严重缺乏诗歌应该有的"排列美"。4.小诗重在说理,缺少抒情,导致语言直白、单调,过分朴素,缺乏诗歌语言应该有的"词藻的美"。5.近年小诗写作主要变成了老人写作,小诗体受到老人的极端喜爱,暮气太重,朝气不足,沉思有余,热情不够,缺乏现代汉诗应有的现代精神和现代意识。如吕进所言:"说来奇怪,在中国,染指小诗的年轻人不太多见。小诗的诗人群往往年龄偏大,诗龄偏长。在海外好像也如此。林焕彰和我同年。通过信,相互关注,但我访问过台湾三次,可以说几乎认识所有台湾的知名诗人,居然至今与他没有见面之缘。曾心长我一岁,所以我老称他'诗兄'。为什么更多的老诗人倾心小诗?这是老诗人对漫漫人生路的领悟,这是老诗人对诗的'个中三昧'的领悟。所谓'删繁就简三秋树',所谓'繁华之极,归于平淡'。'就简'是诗艺的高端,'平淡'是人生的高端,所以,小诗实在是高端艺术。"①

吕进是中国大陆新诗文体学研究的开拓者,出版过《新诗文体学》《现代诗歌文体论》等十多部新诗文体学研究著作,对新诗的各种诗体颇有研究。在上个世纪80年代,他给诗下的一个定义曾影响了一代诗人。"诗是歌唱生活的最高语言艺术,它通常是诗人感情的直写。"②30年前,他认为诗是最高的语言艺术,30年后结论说小诗是"高端艺术"。说明他对小诗诗体的重视甚至敬畏。因为他越来越发现小诗"难"写。所以他说:"小诗是多路数的。有一路小诗长于浅吟低唱,但需避免脂粉气;有一路小诗偏爱哲理意蕴,但需避免头巾气;还有一路小诗喜欢景物描绘,但需避免工匠气。从诗人来说,艾青是天才,以气质胜;臧克家是地才,以苦吟胜;卞之琳是人才,以理趣胜;李金发是鬼才,以奇思胜。无论哪一路数,小诗都不好写。或问,制

---

① 吕进:《寓万于一,以一驭万——漫说曾心》,曾心、吕进:《玩诗,玩小诗——曾心小诗点评》,秀威资讯科技股份有限公司2009年版,第8—9页。

② 吕进:《新诗的创作与鉴赏》,重庆出版社1982年版,第20页。

作座钟难,还是制作手表难?答曰:各有其难。但是制作手表更难,原因就是它比座钟小。因为小,所以小诗的天地全在篇章之外。工于字句,正是为了推掉字句。海欲宽,尽出之则不宽;山欲高,尽出之则不高。无论何种路数,小诗的精要处是:不着一字,尽得风流。"①

曾心小诗的成功就在于他克服了以上所列的小诗的五种文体局限,让小诗文体有了新的可能。吕进也指出了曾心小诗的两大优点是文体功能上追求"理趣",文体特征上重视"意象"。"曾心的小诗我觉得是偏于理的。他的许多给我留下深刻印象的作品都有哲理。不管何种小诗,尤其是以理趣胜的小诗,切记要忌枯。无象则枯。诗之理是有诗趣之理,忌直,忌白,忌空,忌玄。小诗要与格言划出界限,要同谜语分清门庭。春之精神写不出,以花朵写之。秋之精神写不出,以落叶写之。诗人要善于以'不说出'代替'说不出',以象尽意。曾心为读者创造了多少意象!他的诗好读,又耐读。他的那些意象'寓万于一',又'以一驭万',很明白,但又饱含暗示,意象之外,有好开阔的天地啊!"②吕进慧眼识珠,理趣与意象确实是曾心小诗最成功之处。

梁实秋1930年12月12日给徐志摩的信中说:"我一向以为新文学运动的最大的成因,便是外国文学的影响;新诗,实际上就是中文写的外国诗。"③从形体到内容,新诗确实受到了外国诗,尤其是以英语诗歌、法语诗歌为代表的西洋诗歌的巨大影响,如两行分节、四行分节的分节方式,都是西方诗歌的"横的移植"的结果。西方的浪漫主义诗歌更是影响了中国诗人,尤其是浪漫主义诗歌的革命精神极大地鼓舞了中国新诗诗人,胡也频、黄药眠、郭沫若、艾青、何其芳等很多人都走上了"革命道路"。郭沫若说蒋光慈在"浪漫"受到攻击时,公开宣称:"我自己便是浪漫派,凡是革命家也都是浪漫派,不浪漫谁个来革命呢?……有理想,有热情,不满足现状而企图

---

① 吕进:《寓万于一,以一驭万——漫说曾心》,曾心、吕进:《玩诗,玩小诗——曾心小诗点评》,秀威资讯科技股份有限公司2009年版,第5—6页。
② 吕进:《寓万于一,以一驭万——漫说曾心》,曾心、吕进:《玩诗,玩小诗——曾心小诗点评》,秀威资讯科技股份有限公司2009年版,第6—7页。
③ 梁实秋:《新诗的格调及其他》,杨匡汉、刘福春,《中国现代诗论》,上编,花城出版社1985年版,第141页,原载1931年1月20日《诗刊》创刊号。

创造出些更好的什么的,这种情况便是浪漫主义。具有这种精神的便是浪漫派。"①在那一代诗人眼中,"革命"与"浪漫"两个词语几乎是可以互换的。1927年,成仿吾在论文《从文学革命到革命文学》中认为:"有人说创造社的特色为浪漫主义与感伤主义,这只是部分的观察。据我的考察,创造社的特色是代表着小资产阶级的革命的'印贴利更追亚'。浪漫主义与感伤主义都是小资产阶级特有的根性,但是在对于资产阶级的意义上,这种根性仍不失为革命的。"②1930年茅盾在著作《西洋文学通论》结论说:"浪漫主义则尊重自由,要打破那些束缚个人自由的典则。……浪漫主义则注重内容,打破那形式的桎梏。……浪漫主义则为情热的理想的。"③新诗草创期过分追求浪漫主义,影响了新诗的现代性建设,导致新诗没有建立起"现代语言"和"现代诗体",更没有培养出"现代情感"和"现代精神"。

"小诗随新诗一同诞生,在早期白话诗歌中,就有胡适、周作人、俞平伯等写的小诗。不过,那时小诗的声音还很微弱。但到了1921年,诗人们几乎不约而同地写起小诗来了。……其中成绩最好、影响最大的是冰心和宗白华。是他们把小诗创作推向高潮,奠定了中国新诗这种独特形式的艺术基础。"④小诗与散文诗一样,诗体资源主要是外国诗歌,来源却不同。在20世纪20年代,中国诗坛大量译介法国的波德莱尔和俄国的屠格涅夫的散文诗。小诗的译介主要来自世界东方,作品被翻译得最多的是印度的泰戈尔。"1921年到1924年前后,在日本小诗和印度泰戈尔小诗影响下,中国新诗坛掀起了一阵小诗热。这种小诗,少至一两行,多至四五行,也称为'短诗''繁星体''春水体'。除冰心出版过小诗集《繁星》《春水》,宗白华出版过《流云》外,刘大白、王统照、朱自清、徐玉诺等也都创作过不少小诗,《时事新报·学灯》《文学旬刊》《晨报副刊》《小说月报》《诗》等报刊都为小诗的繁盛创造了条件。"⑤

---

① 郭沫若:《学生时代》,人民文学出版社1979年版,第244页。
② 余飘、李洪程:《成仿吾传》,当代中国出版社1997年版,第96页。
③ 茅盾:《西洋文学通论》,书目文献出版社1985年版,第73页,上海世界书局1930年原版,原署名方璧。
④ 龙泉明:《中国新诗流变论》,人民文学出版社1999年版,第110页。
⑤ 潘颂德:《中国现代新诗理论批评史》,学林出版社2002年版,第105—106页。

小诗主要有日本小诗和印度小诗两大诗体资源,两者都重视哲理,尤其印度小诗更强调哲理性。1921年8月1日《新青年》第9卷第4号刊发了周作人译的《杂译日本诗三十首》,其中有多首的诗体形式被后来的中国的小诗诗人借鉴。千家元麿的《小诗》中的第二首全诗如下:"黄莺啼着／静静的远远的听到。／我想这静,甜的静呵!／静即是美。"野口米次郎的《小曲》的第一首也如同后来的中国小诗,全诗如下:"生命是什么:一个声音,／一个思想,黑暗上的光明,——／看呵!空中的鸟一只。"首先是周作人借鉴了这些诗的写法。1921年9月1日《新青年》第9卷第5号的"诗"栏目发表的《山居杂诗》,都是六行左右,共七首。1922年周作人还写出了小诗史上第一篇理论文章《论小诗》,他强调小诗的"世俗化"和"当代性",认为小诗是现代人抒写现代情绪的"最好的工具"。"如果我们'怀着爱惜这在忙碌的生活之中浮到心头又复随即消失的刹那的感觉之心',想将它表现出来,那么数行的小诗便是最好的工具了。"①周作人是想把小诗当成他竭力鼓吹的"平民文学"中的一种诗体。他的"平民文学"的概念是:"所以平民文学应该著重与贵族文学相反的地方,是内容充实,就是普遍与真挚两件事。第一,平民文学应以普通的文体,写普遍的思想与事实。……平民文学应以真挚的文体,记真挚的思想与事实。"②小诗就是这样的"普通文体",应该写"普遍的思想与事实"。但是周作人又不愿意小诗沦落成打油诗那样的粗俗文体,所以他要求在写法上有"贵族"的提升。他说:"我想文艺当以平民的精神为基调,再加经贵族的洗礼,这才能够造成真正的人的文学。"③他甚至还强调平民文学的目的是"将平民的生活提高"。他说:"平民文学决不是通俗文学。白话的平民文学比古文原是更为通俗,但并非单以通俗为唯一之目的。因为平民文学不是专做给平民看的,乃是研究平民生活——人的生活——的文学。他的目的,并非要想将人类的思想趣味,竭力按下,同平民

---

① 仲密:《论小诗》,杨匡汉、刘福春:《中国现代诗论》,上编,花城出版社1985年版,第62页。原载1922年6月29日《觉悟》。

② 仲密:《平民文学》,北京大学、北京师范大学、北京师范学院中文系中国现代文学教研室:《文学运动史料选》,第一册,上海教育出版社1979年版,第114—115页。

③ 周作人:《贵族的与平民的》,杨扬编:《周作人批评文集》,珠海出版社1998年版,第49页。

一样,乃是想将平民的生活提高,得到适当的一个地位。凡是先知或引路的人的话,本非全数的人尽能懂得,所以平民的文学,现在也不必个个'田夫野老'都可领会……第二,平民文学决不是慈善主义的文学。在现在平民时代,所有的人都只应守着自立与互助两种道德,没有什么叫慈善。"①

但是小诗并没有按当时小诗最重要的译介者和理论家周作人的"设想"发展,在内容上没有"平民化",在形式上,尤其是技法上没有贵族化,甚至向相反方向发展,内容越来越贵族化,哲理性越来越强,形式上越来越平民化,越来越粗糙。所以朱自清在《〈中国新文学大系 1917—1927·诗集〉导言》中称:"民十二宗白华氏的《流云小诗》,也是如此。这是所谓哲理诗,小诗的又一派。……《流云》出后,小诗渐渐完事,新诗跟着也中衰。"②

新诗草创期的小诗过分追求哲理主要有两大原因。一是东方民族格外推崇哲理,影响中国小诗最大的诗人泰戈尔甚至被称为"诗哲"。1915 年 10 月《青年杂志》第一卷第二期登载了陈独秀从英文《吉檀迦利》中译的泰戈尔的四首短诗,题为《赞歌》,译者的作者介绍就把他称为"先觉":"达噶尔,印度当代之诗人。提倡东洋之精神文明者也。曾受 Nobel Peace Prize,驰名欧洲。印度青年尊为先觉。其诗富于宗教哲学之理想。"③在 20 年代,"甚至连一般的中学生都以能背诵几首诗人的英文诗为荣"④。"泰戈尔对中国新诗能够产生较大影响的原因至少还有两点:一是用英语写作(印度当时是英国殖民地,他有的作品用孟加拉语写成后自己再译成英语,中国读者和译者主要是从英语中接触到他的作品的),新诗初期英语诗歌影响最大,他的诗被当作了英语诗的一部分。二是他获得过诺贝尔文学奖,为东方人争了光,自然成为中国作家诗人效仿的偶像。中国文化很早就受到印度文化的

---

① 仲密:《平民文学》,北京大学、北京师范大学、北京师范学院中文系中国现代文学教研室:《文学运动史料选》,第一册,上海教育出版社 1979 年版,第 116 页。
② 朱自清:《导言》,朱自清:《中国新文学大系 1917—1927·诗集》,上海文艺出版社 2003 年影印版,第 4 页。
③ 张光璘:《中国现代文学史上的一次"泰戈尔热"》,张光璘:《中国名家论泰戈尔》,中国华侨出版社 1994 年版,第 188 页。
④ 张光璘:《中国现代文学史上的一次"泰戈尔热"》,张光璘:《中国名家论泰戈尔》,中国华侨出版社 1994 年版,第 189 页。

影响，如佛教的传入，使有的人也想到印度取'经'，泰戈尔便被视为'诗哲'了。"①1924年以"诗哲"身份来中国的泰戈尔受到各界的热烈欢迎，《小说月报》还专门出了一期《泰戈尔专号》，时任中国非常大总统的孙中山也给泰戈尔发出了邀请信："亲爱的泰戈尔先生：先生来华，如得以亲自相迎，当引为大幸。尊崇儒者，乃我古道，我之所以恭迎先生者，不徒以先生曾为印度文学，踵事增华，亦且以先生之尽力寻求人类前途之幸福，与精神文化之成就，为难能可贵也。专此奉邀，希即能前来广州为幸。孙逸仙。"②

小诗是"诗哲"泰戈尔创造的，追求哲理自然是小诗的主要功能，所以小诗成了"哲理诗"的代名词，小诗诗人成了哲理诗人，小诗的创作过程便是诗人追寻哲理的精神历程，而不是宣泄情感的生活历程。如宗白华在《我和诗》中回忆的他的小诗创作的过程："1921年的冬天，在一位景慕东方文明的教授夫妇的家里，过了一个罗曼蒂克的夜晚；舞阑人散，踏着雪里的蓝光走回的时候，因着某一种柔情的萦绕，我开始了写诗的冲动，从那时以后，横亘约摸一年的时光，我常常被一种创造的情调占有着。……似乎这微渺的心和那遥远的自然，和那茫茫的广大的人类，打通了一道地下的深沉的神秘的暗道，在绝对的静寂里获得自然人生最亲密的接触。我的《流云小诗》，多半是在这样的心情中写出的。往往在半夜的黑影里爬起来，扶着床栏寻找火柴，在烛光摇晃中写下那些现在人不感兴趣而我自己却借以慰藉寂寞的诗句。《夜》与《晨》两诗曾记下这黑夜不眠而诗兴勃勃的情景。"③

二是中国小诗的创始人冰心不但受到了泰戈尔的哲理性小诗的影响，而且她并没有把小诗当诗写，而是通过记录"思想"来"教育"三个弟弟的，具有中国诗歌特有的"诗教"功能。1921年，冰心在《〈繁星〉自序》中说："1919年的冬夜，和弟弟冰仲围炉读泰戈尔（R. Tagore）《迷途之鸟》（*Stray Birds*），冰仲和我说：'你不是常说有时思想太零碎了，不容易写成篇段么？

---

① 王珂：《新诗诗体生成史论——百年新诗诗体建设研究》，九州出版社2007年版，第162页。

② 张光璘：《泰戈尔在中国（代序）》，张光璘：《中国名家论泰戈尔》，中国华侨出版社1994年版，第5页。

③ 宗白华：《我和诗》，林同华：《宗白华全集》，第二集，安徽教育出版社1994年版，第154—155页。

其实也可以这样的收集起来。'从那时起,我有时就记下在一个小本子里。1920年的夏日,二弟冰叔从书堆里,又翻出这小本子来。他重新看了,又写了'繁星'两个字,在第一页上。1921年的秋日,小弟弟冰季说,'姊姊!你这些小故事,也可以印在纸上么?'我就写下末一段,将它发表了。是两年前零碎的思想,经过三个孩子的鉴定。《繁星》的序言,就是这个。"①《繁星》的最早读者是冰心的弟弟。1932年,冰心在《我的文学生活》中说:"《繁星》《春水》不是诗,至少那时的我,不在立意做诗。我对于新诗,还不了解,很怀疑,也不敢尝试。我以为诗的重心,在内容不在形式。同时无韵而冗长的诗,若是不分行来写,又容易与'诗的散文'相混。我写《繁星》,正如跋言中所说,因着看泰戈尔的《飞鸟集》,而仿用他的形式,来收集我零碎的思想。所以《繁星》第一天在《晨副》登出的时候,是在'新文艺'栏内。登出的前一夜,伏园从电话内问我,'这是什么?'我很不好意思的,说:'这是小杂感一类的东西。'"②尽管冰心认为:"我终觉得诗的形式,无论如何自由,而音韵在可能的范围内,总是应该有的。"③1959年,冰心在《我是怎样写〈繁星〉和〈春水〉的》中说:"'五四'以后,在新诗的许多形式中,有一种叫做'短诗'或'小诗'的。这种诗很短,最短的只有两行,因为我写过《繁星》和《春水》,这两本集子里,都是短诗,人家就以为我是起头写的。现在回忆起来,我不记得那时候我读过多少当代的别人的短诗没有,我自己写《繁星》和《春水》的时候,并不是在写诗,只是受了泰戈尔《飞鸟集》的影响,把自己许多'零碎的思想',收集在一个集子里而已。"④她还回忆说:"现在,我觉得,当时我之所以不肯称《繁星》《春水》为诗的原故,因为我心里实在是有诗的标准的,我认为诗是应该有格律的——不管它是新是旧——音乐性是应该比较强的。同时

---

① 冰心:《〈繁星〉自序》,卓如:《冰心全集》第一卷,海峡文艺出版社1994年版,第233页。

② 冰心:《我的文学生活》,卓如:《冰心全集》,第三卷,海峡文艺出版社1994年版,第9—10页。

③ 冰心:《我的文学生活》,卓如:《冰心全集》,第三卷,海峡文艺出版社1994年版,第11页。

④ 冰心:《我是怎样写〈繁星〉和〈春水〉的》,卓如:《冰心全集》,第五卷,海峡文艺出版社1994年版,第126页。

情感上也应该有抑扬顿挫,三言两语就成一首诗,未免太单薄太草率了。因此,我除了在二十岁前,一口气写了三百多段'零碎的思想'之外,就再没有像《繁星》和《春水》这类的东西。"①冰心的小诗出现后,人们马上就认为这些作品哲理性太强情感性太弱。梁实秋在《创造周报》第十二号发表的《〈繁星〉与〈春水〉》认为:"冰心女士是一个散文作家,小说作家,不适宜于诗,《繁星》《春水》的体裁不值得仿效而流为时尚。"②

尽管冰心的《繁星》和《春水》已经成为新诗史上的经典作品,也堪称汉语小诗的代表作。但是冰心写作这些小诗时严重缺乏文体自觉性,尤其是诗体自觉性,这导致了小诗这种文体并没有真正成为新诗的"现代性文体"。曾心的小诗在新诗文体现代性建设,尤其是小诗的诗体现代性建设上作出了较大的贡献。曾心有文体自觉性,仍然继承了小诗诗体的说理传统,却打破了小诗"理"大于"情"、"理"大于"事"的文体局限,对小诗的文体功能作了较大的改进,将"理"变成了"理趣"。所以他用《玩诗,玩小诗》来当书名。"玩"的目的既是"玩"出"理"来,如同"寓教于乐",也是为了"玩"出"趣"来,追求玩味的乐趣,玩出味道来,享受味道的鲜美,从"味"中悟出"道"。

这一点在曾心的创作中非常重要,是判断他的小诗写作是否具有现代性,他的小诗作品是否是"现代小诗"的重要标志。西方现代诗追求的正是诗意的世俗性和诗歌写作的自主性。如现代诗歌的鼻祖波德莱尔所言:"只要人们愿意深入到自己的内心中去,询问自己的灵魂,再现那些激起热情的回忆,他们就会知道,诗除了自身外并无其他目的,它不可能有其他目的,除了纯粹为写诗的快乐而写的诗之外,没有任何诗是伟大、高贵、真正无愧于诗这个名称的。"③波德莱尔非常重视世俗生活和写诗自身的快乐。他曾说:"这不是那种喜欢训诫的道德,那种因其学究的神气、教训的口吻能够败坏最美的诗的道德,而是一种受神灵启示的道德,它无形地潜入诗的材料中,就像不可称量的大气潜入世界的一切机关之中。道德并不作为目的进

---

① 冰心:《我是怎样写〈繁星〉和〈春水〉的》,卓如:《冰心全集》,第五卷,海峡文艺出版社1994年版,第127—128页。
② 梁实秋:《〈繁星〉与〈春水〉》,《创造周报》第十二号,1923年7月29日,第9页。
③ [法]波德莱尔:《波德莱尔美学论文选》,郭宏安译,人民文学出版社1987年版,第205页。

入这种艺术,它介入其中,并与之混合,如同融进生活本身之中。诗人因其丰富而饱满的天性而成为不自愿的道德家。"①"事实上,在这个普遍的错误中,有一种很容易澄清的混乱。某一首诗是美的和正派的,但是它并非因为正派才美。某一首诗是美的和不正派的,但它的美并非来自它的不道德,更准确地说,美的东西并不比不正派更正派。我知道,更为经常的是,真正美的诗把灵魂带向天堂,美是一种强有力的品质,不能不使灵魂变得美好,然而,这美是一种全然没有条件的东西,可以打一个很大的赌,诗人们,如果你们想事先担负一种道德目的,你们将大大地减弱你们的诗的力量。和这种强加给艺术品的道德条件同样可笑的是,有些人想让艺术品接受另一种条件,……科学观念,政治观念,等等……这就是那些错误思想的出发点。那些人说,……观念是最重要的东西(他们应该说:观念和形式是合二为一的东西),自然而然地,不可避免地,他们心中立刻想到:既然观念是最重要的东西,不那么重要的形式就可以被忽视而没有什么危险。结果是诗的毁灭。"②

  曾心的小诗具有林以亮所言的"现代诗的精神"。他说:"中国旧诗词在形式上限制虽然很严,可是对题材的选择却很宽:赠答、应制、唱和、咏物、送别,甚至讽刺和议论都可以入诗。如果从十九世纪的浪漫派的眼光看来,这种诗当然是无聊,内容空洞和言之无物,应该在打倒之列。可是现代诗早已扬弃和推翻了十九世纪诗的传统而走上了一条康庄大道。现代英国诗人,后入美国籍的奥登(W. H. Auden)曾经说过:'诗不比人性好,也不比人性坏;诗是深刻的,同时却又是浅薄的,饱经世故而又天真无邪,呆板而又俏皮,淫荡而又纯洁,时时变幻不同。'最能代表现代诗的精神。"③《油条》一诗是这方面的代表作。全诗如下:

本来软绵绵

---

  ① [法]波德莱尔:《对几位同代人的思考》,波德莱尔:《波德莱尔美学论文选》,郭宏安译,人民文学出版社1987年版,第101页。
  ② [法]波德莱尔:《对几位同代人的思考》,波德莱尔:《波德莱尔美学论文选》,郭宏安译,人民文学出版社1987年版,第107页。
  ③ 林以亮:《〈美国诗选〉序》,林以亮:《美国诗选》,今日出版社1976年版,第4页。

熬煎后
　　赤裸裸
　　紧紧相抱

　　不管外界多热闹
　　此时,只有他俩

　　这首诗如同周作人所说的平民文学,"以真挚的文体,记真挚的思想与事实";也如同周作人所说的小诗,"怀着爱惜这在忙碌的生活之中浮到心头又复随即消失的刹那的感觉之心"。写出了日常生活的一个场景——油条被油炸的形态,一个生活中常见的事实,然后从中寻找出某种思想,写出诗人见到炸油条的刹那间的感觉。这首诗可以说很雅,也可以说很俗,如奥登所说的"淫荡而又纯洁"。吕进也给了这首诗高度评价:"不着一字,尽得风流。诗人在议人生,诗人在谈爱情。他议了吗?他谈了吗?他只给了我们一根最普通不过的油条啊!"[1]吕进的这一番感慨"意味深长"。曾心总结他的小诗创作过程的这段话非常精彩,《油条》这首优秀之作正是这样创作出来的。他说:"我觉得一首小诗的形成,往往是在日常生活中,或由视觉、听觉、味觉、嗅觉等外在感官有所触动。这种'瞬间'或'刹那'的'触动',会立刻'转向''内在的感官'、'内在的眼睛',因为最高的美不能靠肉眼而要靠心眼,要靠'收心内视'(普洛丁语)。只有从'外视'转向'内视',从停留在意识层次的'感觉',进入到潜意识层的'感悟',才能进入心灵世界精微的创设的审美境界。"[2]柯勒律治在《文学传记》论述天才诗人的特质时说:"保持儿时的感情,把它带进壮年才力中去;把儿童的惊奇感、新奇感和四十年来也许天天都惯常见的事物'日、月、星辰,一年到头,/男男女女……'结合起来,这个就是天才和才能所以有区别的一点。因此,天才有首要价值,它的最明白不过的表现形式,就是他能把见惯的事物如此表达出来,使它们能够在人

---

[1] 吕进:《寓万于一,以一驭万——漫说曾心》,曾心、吕进:《玩诗,玩小诗——曾心小诗点评》,秀威资讯科技股份有限公司2009年版,第5—6页。

[2] 曾心:《自传小诗与点诗眼——〈玩诗,玩小诗〉自序》,曾心、吕进:《玩诗,玩小诗——曾心小诗点评》,秀威资讯科技股份有限公司2009年版,第14—15页。

们心目中唤起同样的感觉——即一种经常伴随着肉体与精神健康的恢复而来的那样清新的感觉。谁没有看见过雪落水面一千次？然而读过彭斯以官能快感作比拟的诗句：就像雪片落在江上／一刹那间的白——随即永远消失！谁又能够看见下雪而不体验到一种新的感觉呢？"①曾心创作小诗《油条》不仅具有老年的睿智和沉思，也具有儿童的热情和好奇，他才"能把见惯的事物如此表达出来，使它们能够在人们心目中唤起同样的感觉"。他善于在日常生活中发现诗，赋予世俗平民生活浓郁的诗意，使自己能够"诗意地栖居"。

　　曾心在新诗诗体的现代性建设上也作了一定的贡献。"对于小诗的外在形式，说法不一，周作人认为应是一至四行，罗青主张 16 行之内，张默主张 10 行之内，洛夫主张 12 行之内，林焕彰主张 6 行之内，也有主张 3 行之内的，如四川重庆诗人提倡的微型诗。泰华小诗由于林焕彰的倡导其基本形式控制在 6 行之内。"②曾心受林焕彰的影响，格外青睐"六行诗"。但是他没有只把小诗写在六行内，克服了小诗的诗体形式的单调乏味。尽管写的是小诗，他却采用了多种诗体形式。《局势》《老树的身影》《水布》《月亮》《老相册》等多首六行诗都采用了中外诗歌都非常流行的"双行体"，一首诗就分为了三个诗节，暗合"举一反三"的哲理。如《树的轮回》的诗形如下：

　　　　从土地长出来
　　　　活在蓝天底下

　　　　日月是我的父母
　　　　星辰是我的兄弟

　　　　风雨最了解：
　　　　我永久的家在何处

---

① ［英］柯勒律治：《文学传记》，伍蠡甫：《西方文论选》，下卷，上海译文出版社 1979 年版，第 32 页。

② 计红芳：《六行之内的奇迹——湄南河畔的"小诗磨坊"》，林焕彰：《小诗磨坊泰华卷 2》，世界文艺出版社 2008 年版，第 8 页。

曾心对"双行体"的重视也证明他作为一个小诗诗人，也具有文体自觉和工匠精神。"工匠精神"是当今诗坛最缺乏的，推敲之功曾是古代汉诗诗人的基本功，已被现代汉诗诗人抛弃。所以才流行口语诗甚至口水诗。诗人是最具有语言智能的人，诗是人的语言智能的典型范例。一位优秀的诗人不仅具有含蓄美和词藻美的"诗家语"的诗歌文体的"语体"敏感，还具有排列美和音乐美的"诗家体"的诗歌文体的"诗体"的敏感。柯勒律治强调诗的"整体的快感"。"诗是一种创作类型，它与科学作品不同，它的直接目的不是真实，而是快感。与其他一切为目的的创作不同，诗的特点在于提供一种来自整体的快感，同时与其组成部分所给予的个别快感又能协调一致。……良知是诗才的躯体，幻想是它的衣衫，运动是它的生命，而想象则是它的灵魂，无所不在，贯穿一切，把一切塑成一个有风姿、有意义的整体。"① 奥登强调语言技巧的重要性。"奥登论述说，一位年轻的作家，他的前途并不存在于他观念的独创性，也不存在于他情绪的力量之中，而存在于他的语言技巧中。当然，到了最后，将成为大诗人的作家必定会找到表达自己的语言和思想框架。诚如诗人卡尔·夏皮乐曾经说过的那样：'诗的天才也许只是一种对形式的直觉知识。字典里含有所有的字，诗的教科书里含有所有的节拍，但除了诗人自己对形式的直觉知识之外，哪儿都不能指导诗人，不可能告诉他应选用什么字，应该让这些字落在什么样的节奏上。'"② 艾略特也认为诗人有语言天分。"（诗人）在发展其语言、丰富其文字的方面为其他人创造出更广泛的情绪与知觉范畴的可能性，因为他向他们提供了能表达更多东西的言谈。"③ 曾心使用双行体及对诗的排列形式的重视，显示出他是具有较好的语言智能及语言天分的优秀诗人。

小诗在百年新诗史上建立起来的两大准定型诗体之一，强调诗的音乐美、排列美和词藻美的现代格律诗比小诗更定型，甚至强调诗的节的匀称和

---

① ［英］柯勒律治：《文学传记》，伍蠡甫：《西方文论选》，下卷，上海译文出版社1979年版，第32页。

② ［美］H.加登纳：《智能的结构》，兰金仁译，光明日报出版社1990年版，第93页。

③ ［美］H.加登纳：《智能的结构》，兰金仁译，光明日报出版社1990年版，第293页。

句的均齐。曾心的小诗借鉴了现代格律诗的这些优点,在小诗的文体建设,尤其是诗体建设上作出了较大的贡献。吕进是近年倡导"新诗诗体重建"的领军人物,坚决反对"新诗就是自由诗"的观点。诗人曾心与诗论家吕进能够合作出版小诗诗集及评论集,说明两人惺惺相惜,都主张新诗的文体重建。在关系主义流行的时代,他们都是本质主义者,都主张给新诗及小诗确定基本的文体规范。黑格尔曾说:"凡是写过论诗著作的人几乎全都避免替诗下定义或说明诗之所以为诗。事实上如果一个人事先没有研究过什么才是一般艺术的内容和表象方式,一开始就谈诗之所以为诗,就想确定诗的真正本质,那确是很困难的。这种困难会显得更大,如果从一些个别作品的特殊属性出发,就想根据这方面的认识去确定可以适用于各种诗的一般原则,这样做就会把许多性质极不相同的作品都算作诗了。如果人们接受了这种办法,然后再追问有什么理由要承认这些作品是诗,马上就会碰到上文所说的困难了。"①惠特曼也说:"我认为,没有哪一个定义能把诗歌这一名称容纳进去,任何规则和惯例也不会是绝对可行的。只会有许多的例外出现不顾定义,推翻定义。"②尽管给诗下定义很难,尤其是给以自由诗为垄断诗体的新诗下定义更难,但是在过去百年中,始终有人给新诗下定义。宗白华在1920年1月认为:"诗的定义可以说是:'用一种美的文字……音律的绘画的文字……表写人的情绪中的意境。'"③郭沫若也在1920年1月认为:"诗＝(直觉+想象)+(适当的文字)。"④这两个定义奠定了新诗基本的文体特征:形式的美、内容的美和技巧美。何其芳在1954年4月认为:"我们说的现代格律诗在格律上就只有这样一点要求:按照现代的口语写得每行的顿数有规律,每顿所占时间大致相等,而且有规律地押韵。"⑤笔者也给新诗下

---

① [德]黑格尔:《美学》,第三卷,下册,朱光潜译,商务印书馆1981年版,第17—18页。
② [美]惠特曼:《惠特曼散文选》,张禹九译,山西人民出版社1984年版,第28页。
③ 宗白华:《新诗略谈》,林同华:《宗白华全集》,第一集,安徽教育出版社1994年版,第168页。
④ 宗白华、郭沫若、田汉:《三叶集》,林同华:《宗白华全集》,第一集,安徽教育出版社1994年版,第217页。
⑤ 何其芳:《关于现代格律诗》,何其芳:《何其芳文集》,四川人民出版社1979年版,第153页。

过两个定义。2000年10月的定义是:"诗是艺术地表现平民性情感的语言艺术。"①强调新诗内容上的平民性和写法上的艺术性。2010年8月的定义是:"新诗包括内容(写什么)、形式(怎么写)和技法(如何写好)。内容包括抒情(情绪、情感)、叙述(感觉、感受)和议论(愿望、冥想)。形式包括语言(语体)[雅语:诗家语(陌生化语言)、书面语;俗语:口语、方言]和结构(诗体)(外在结构:句式、节式的音乐美、排列美;内在结构:语言的节奏)。技法包括想象(想象语言、情感和情节的能力)和意象(集体文化、个体自我和自然契合意象)。……可以用一句话来概括这个新诗观:新诗是采用抒情、叙述、议论,表现情绪、情感、感觉、感受、愿望和冥想,重视语体、诗体、想象和意象的汉语艺术。"②2008年6月笔者还给新诗和新诗诗人确立了标准:"目前新诗标准建设已成当务之急,一定要重视诗体、想象与意象。新诗标准应该分为'写什么'的标准与'怎么写'的标准两大部分,但是后者远比前者重要。好的新诗应该是艺术地表现平民性情感的语言艺术。新诗应该在内容(写什么)上放开,实现真正的多元,形式(怎么写)上做适度限制,必须重视诗家语和诗体等诗的基本文体特征,重视诗的艺术性。没有好诗人就没有好诗,与其对新诗提出标准不如对新诗诗人提出标准,应该适度提高新诗行业的'准入'难度,新诗诗人应该过语言关、诗的知识关和诗的技巧关,诗人要重视学养、技巧、难度和高度。诗人写作需要重视'想象'和'意象'。"③曾心很好地过了诗的语言关、知识关和诗的技巧关,他的小诗写作是有难度和高度的写作,不仅重视写什么和怎么写,更重视如何写好。

"小诗磨坊"的诗人们建立磨坊就是为了"磨"出好诗,这个名称正好体现出这群诗人对"工匠精神"的推崇。曾心还主张瞬间生成的小诗应该有"怀胎期",他说:"'小诗的特征是它的瞬时性;瞬间的体验,刹那的感悟,一时的景语'(吕进语)。这是一般小诗的特征。但一首带有浓厚的自传性质的小诗,它并不像人的'十月怀胎,一朝分娩',它的'瞬时性来自长期的情感

---

① 王珂:《诗是艺术地表现平民性情感的语言艺术——论现代汉诗的现实出路》,《东南学术》2000年第5期,第104页。
② 王珂:《今日新诗应该守常应变》,《西南大学学报》2010年第4期,第27页。
③ 王珂:《"一体"、"两象"、"三关"和"四要"——新诗"标准"的现实构建策略》,《海南师范大学学报》2008年第3期,第42页。

储备和审美经验的积淀'(吕进语)。有的诗'怀胎期'很长,如我写了一首练功的'悟境'诗,仅仅六行,共20个字,却'怀胎'了二十余年,才在瞬间中'分娩'。"①这首诗就是他2003年7月25日写的《入定》,全诗如下:

盘腿静坐

坐到肌肤
骨骼躯干
五脏六腑
归于无

空

"文体自觉"说明曾心谙熟古今中外诗体,他所有的创新都有源可考。"现代性的动力首先是在一个拥有传统和固定信念的世界里开始动摇传统和信念的。它们在催生一种现代社会格局上是有帮助的。但它们仅仅有一次成功地完成了这一任务,在它出现在所谓的世界舞台上之后两千年。在它们最初出现的时候,现代性的动力遇到了一种非常暧昧的接受。"②曾心"是在一个拥有传统和固定信念的世界里开始动摇传统和信念的",他是在传统的基础上改进了小诗诗体。"在这个新的社会环境中,人类所拥有的非攻击性的、爱欲的和感受的潜能,与自由的意识和谐共处,致力于自然与人类的和平共处。在为达到此目的而对社会的重新建构中,整个现实都会被赋予表现着新目标的形式,这种新形式的基本的美学性质,会使现实变成一件艺术作品。不过,由于这个形式出现于社会的生产过程,所以艺术就应相应地改变它在社会里的传统地位和功用。艺术应当不仅在文化上,并且在物质上都成为生产力。作为这种生产力,艺术会是塑造事物的'现象'和性

---

① 曾心:《自传小诗与点诗眼——〈玩诗,玩小诗〉自序》,曾心、吕进:《玩诗,玩小诗——曾心小诗点评》,秀威资讯科技股份有限公司2009年版,第15页。
② [匈]阿格尼丝·赫勒:《现代性理论》,李瑞华译,商务印书馆2005年版,第65页。

质、塑造现实、塑造生活方式的整合因素。这将意味着艺术的扬弃：既是美学与现实分割状态的结束，也是商业与美、压迫与快乐之间的商业联合的终止。艺术将会重新把握住它自身的某些更原初的'技术'内蕴：即作为调制（烹饪！）、培植、促进事物生长的'艺术'，也就是说，给予事物以既不破坏它们的内容，又不破坏它们的感觉的'形式'。这样，就把形式上升为一种必然性的存在，上升为超越了趣味和通感等所有主观多样性的普遍性东西。"[1]曾心的小诗，也正是这样的艺术，他把小诗的诗体形式"上升为一种必然性的存在，上升为超越了趣味和通感等所有主观多样性的普遍性东西"。这也是曾心小诗的文体性的重要意义。

----

[1] ［美］赫伯特·马尔库塞：《审美之维》，李小兵译，广西师范大学出版社2001年版，第105页。

2002 年

品　位

鸟在天空留下踪迹
人在大地印上足迹
我在电脑里输入心迹

——方方正正
跳动着生命的品位

　　2002 年 11 月 13 日

秋

春夏的滋润
托着丰硕的果盘

过后,方觉:
秋瘦了
我也瘦了

　　2002 年 11 月 13 日

那只手

从西半球
伸来一只手
冷不防被击倒

在痛定思痛中觉醒

不信那只手
能逆转地球的旋动

  2002 年 12 月 19 日

2003 年

一瞥惊心

一架弹弓
拉紧

嗖地
惊飞一只鸟，
打落几片黄叶

2003 年 1 月 3 日

画　画

画天画地画人

情感一点
天——地——人
站立！

2003 年 3 月 9 日

把　脉

圆圆的地球
被打破一个洞
流出一个民族的血

伸出三个指头把脉
地球阴阳失调
——病了

　　　2003年4月9日于伊拉克战争期间

风与石鹰

临风站着
经亿万年
雕刻
终成一只鹰

振奋双翼
在风中翱翔

　　　2003年6月1日

树叶独语

那时荡着嫩绿
挡风雨输营养

为它尽心竭力

如今面黄肌瘦
飘零街头
哎！连风也敢欺负我

2003年6月1日

跳 高

轻轻一点
腾空飞起

横竿在半空中

轻身
在广袤的蓝天
超越

2003年6月2日

送 行

SARS夺走她的生命
身上没覆盖什么旗
只披着一袭天然的白云

素不相识的人们
流着泪

高高把她托起……

2003年6月5日于非典肆虐期间

春　天

悄悄地带着风
带着雨
给大地披上一件绿衣衫

不要人们说一声"谢谢"
就悄悄地走了

2003年6月6日

老　井

一口古井
跌落一弯残月

抛下水桶
打上祖祖辈辈的沧桑

沉重地拉——
一条古老文化的根

2003年6月13日

牛

稻田中
灌满
它的血汗

热锅里
炖烂
它的筋肉

2003年7月2日

风铃

风
老是唠叨
诉说酸甜苦辣

铃
千年一个音
——祝你平安!

2003年7月4日

风车

自由的风
一旦忘乎所以
也会迷失方向

唯有风车
不倦地旋转
给予指明去路

  2003 年 7 月 4 日

绝　壁

蚂蚁
爬不上
鸟儿
飞不过

绝壁顶上
扒着一棵古老松

  2003 年 7 月 7 日

一线天

不知
哪个朝代的好汉
错劈一刀

铁石心肠
便见到天光

  2003 年 7 月 11 日

握 手

那次在鹭岛
握出一树凤凰花

这次在湄南河畔
握出一江温情

下次不知在何处
掌心早已握满思念

2003年7月14日

入 定

盘腿静坐

坐到肌肤
骨骼躯干
五脏六腑
归于无
——空

2003年7月25日

蛙

才叫醒春雷
又擂动战鼓

舌尖
如刀
追杀天敌!

2003年7月26日

万年青

不管红土黑土
贫瘠肥沃
只给半勺土
就能活着
拌着血汗活着……

它的别名叫华侨

2003年8月1日

海　螺

生时
不敢与大海比高下

死后
却被吹得响于浪涛

2003年8月8日

年　轮

把日月星辰
悲欢离合
卷成一圈圈

不辍
收藏岁月
除非它倒下

　　2003 年 8 月 10 日

立体交叉桥

高空中——
悬挂着一幅立体画

纵横东南西北
背负千万辆
一首现代歌曲嘭嘭响

　　2003 年 8 月 15 日

茶　叶

一张绿卡
通行世界
走进千家万户

紫砂壶里流出
——家乡的山水
　祖辈的茶道

2003 年 8 月 18 日

刊头诗

总让
心头一亮
几滴清醇
沁入
干旱季节
饥渴的心田

注：2003年《世界日报》副刊开辟"365刊头诗"专栏。

2003 年 8 月 21 日

佛　眼

半睁半闭的眼
比睁大的眼更明亮

因为
冷眼通观
天上人间的浮沉

2003 年 8 月 22 日

暗　礁

不敢露出水面
还常被挨骂

罢罢罢
既然已向大海承诺
就得坚守岗位

　　　2003 年 8 月 24 日

在佛寺里

笃笃木鱼声
袅袅三烛香

在冥冥中
缩短
人——佛
距离

2003 年 8 月 26 日

桂河桥

三十万人的血汗
汇成桂河水

桥头
那老列车
曾运走
一万六千颗头颅

2003年11月3日

火　山

本是心中一团火
要为人类事业燃烧

无奈受到压制
使我一直处于
忍与爆之间

2003年11月11日

大　象

一辈子吃素，
谁敢跟它比气力？

身一动，
拉走一座森林；
鼻一卷，
把地球当球玩！

2003年11月15日

主人与笼鸟

主人问：
你有吃有住，
还叫什么？

鸟儿答：
请你进来看看，
让我回巢！

2003年11月20日

2004 年

雕 刀

雕鱼能游
雕鸟会飞……

唉！
身心憔悴
雕刀已钝
尚未雕出一首真诗

2004年1月2日

雷 声

不许风说话
不许雨说话

刹那
闪电亮相
整个天地
只有一种声音

2004年1月7日

蝉

发现复杂的天地
只由"阴阳"建构
便鼓动薄翼
欢乐喊叫:

知了!知了!

2004年1月10日

卵　石

本来有棱有角
被岁月磨成
滑滑圆圆

无论走到哪儿
只是一个"0"

2004年1月16日

日　记

翻开页页日记
才发现自己
已铸成一个汉字
——忍

可缩短——拉长
压扁——搓圆

2004年1月18日

乌　鸦

只因多嘴
被夜神染黑

一代代鸣冤
谁能替它雪白?!

2004年1月18日

萤火虫

平凡的一生
只求做好一件事：

提着灯笼
给行人照明

2004年1月18日

渡　口

匆匆赶来
在渡口送别

双手紧紧握着
又轻轻放开

哦！忘记带来玫瑰
即从水中捧起一朵浪花

    2004年2月3日

火　石

曾擦亮黑夜
击亮一个世界

依然那团火
即使丢进海里
千年也不熄灭

2004年2月5日

吃　斋

吃四只脚
怕SARS

吃两只脚
怕禽流感

阿弥陀佛
不如吃斋去

注:果子狸(四只脚)是 SARS(非典)的载体。
2004 年 2 月 26 日

观赏的企鹅

假的山
假的雪
裹着一个个的真体

头也不再企望了
冰冻成一个个生命的"?"

2004 年 3 月 5 日

黑与白

夜神一心
把天地抹黑

日神一意
把天地刷白

黑与白

谁能判断输赢

2004年3月12日

人工雨

干裂的地
飘逝的云
求天公也无奈

伸出胳膊
吆喝一声

扭落满天雨

2004年3月15日

湄南河

悠悠地
微笑地
南流……

一条不息的国脉
镕铸着佛国儿女的性格

2004年3月26日

龟

遭受欺压
把头缩成一块硬石

过后
继续走路

2004 年 3 月 30 日

脸

对着纷繁的人与事
读不出他的
喜怒哀乐

他的心已千疮百孔

2004 年 4 月 16 日

椅子

一年四季
春风得意
坐着坐着……

椅子不耐烦：
"请您下来！"

"不,瘾正浓呢!"

  2004 年 6 月 1 日

钓

在河边垂钓的人:
鱼够多了
回家烹煮去

在人流垂钓的人
东张西望:
怎么还不上钓?

  2004 年 6 月 9 日

芭蕉叶

多情的绿扇
招来风
迎来雨

岂知风雨翻了脸
把它打得遍体鳞伤

  2004 年 6 月 19 日

萍

我的归宿,
是由风还是由水决定?

水,
要送我到达大海,
风,
却一再让我搁浅在河边。

    2004年6月20日

行　囊

年轻时
捡一囊方块文字

中年时
装一囊酸甜苦辣的果实

年老时
修一囊澄澈的宁静

    2004年6月26日

株　连

一只鸡死了，
方圆五公里的同族陪葬。

啊，我的天！
吓得
鸟飞不动；
鱼跃天顶。

2004年6月28日于禽流感期间

鸟

往日
芒果树上，
鸟鸣松鼠跳

今日
只见松鼠
独啃着早春苦涩的青果

2004年7月1日于禽流感期间

红玫瑰

因为有刺
显得格外红

那红
不是落霞
而是爱你的人的血

2004年7月4日

庭　园

三棵芒果树
一间小亭子
一湖青草地……

闲坐石凳上
跷起二郎腿
静听篱笆上牵牛花的歌声

2004年7月4日

锚

海港的船
一艘艘被钩住

又见
水中月
还想去钩呢！

2004年7月5日

石　头

一直处于冷静
什么力量也撼不动

即使天崩地裂
也忍着招架
——裂变成
更多的一块块……

　　　2004年7月5日

拦路石

一块拦路石
挡住我的去路
把它踢进河里

哎哟哟
当游泳时
我脚板还被它割破

　　　2004年8月5日

照　片

用眼睛
拍摄湄南河

由水冲洗
飘到远方

让世界的眼睛
饱赏微笑国度的风光

2004 年 8 月 8 日

木　瓜

瘦骨伶仃
支撑着支撑着……

血肉一个个胖起来
自己一天天瘦下去

在倒下时
全把孩子交给土地

2004 年 8 月 8 日

墙
——读诗

凿个洞
见的是珍珠

再凿
见的是读不懂的杂草

——封口

2004年8月9日

伤疤诗

带血的痛
穿透心灵深处

沉淀——沉淀——再沉淀

终于
爆发出来的
是地震、火山——真诗

2004年8月10日

大自然的儿子

天空下
在地球一方耕耘

闲时
看看地上的花木

累了
瞧瞧天外的飞鸟

2004年8月10日

网 鱼

桨声处
飞出一曲非常渔歌

船头的渔夫
赶着落日
撒向江心
打捞最后一网希望

   2004 年 8 月 10 日

雨与树

树说:等你来
已熬得焦黄
雨说:对不起
风把我刮到遥远的地方

之后,便分不清
谁的泪水谁的亲吻

   2004 年 8 月 11 日

向日葵

不知什么时候
祖辈的心

被日偷去

它的后代
日日向着太阳
乞讨捧回自己的心

2004年8月14日

感悟莲花

在凡人眼里
是一朵花

在诗人眼里
是一首诗

在我眼里
是一尊坐禅的观音

2004年9月17日

窗

众人睡了
我还醒着……

日夜睁大眼睛
因为我不放心这个世界

2004年9月20日

丰 收

五月的芒果
一树金黄的果实

勾摘一个
掉下三五个
地下还有七八个
兜在怀里又滑下两三个

2004 年 9 月 20 日

楼 梯

任人踩踏
不哼一声

只弓着脊梁骨
接接送送

背后
还时闻指摘声

2004 年 9 月 23 日

啊！诗人

被丢在路边的草
在人流的践踏中
弯了腰又挺直

啊！不死的精魂
深沉地哼着生命之歌

2004 年 9 月 24 日

鸡冠花

不想与同伴雷同
趁黎明前的黑暗

剽窃
公鸡即将啼叫的美冠

2004 年 9 月 25 日

油　条

本来软绵绵
熬煎后
赤裸裸
紧紧相抱

不管外界多热闹
此时，只有他俩

   2004年9月25日

野　鸭

看到天上的天鹅
也展翅欲飞……

几番跌落
还引颈挑战：
"喂！好种的，
请下来水里比高低"

   2004年9月29日

游　泳

在大海里学游泳
只呛了几口水

在生活大海里游泳
尝尽人生滋味

在文艺大海里游泳
捞到几朵浪花

   2004年10月4日

昙　花

现实太沉重了
压弯我的腰
只好趴在篱笆活着

白天不敢与百花斗艳
深夜里偷偷地
释放我刹那孤独的芬芳

　　　　2004 年 10 月 6 日

诊　病

爆炸污染禽流感……
惊醒千年的古榕

伸出条条的气根
触摸大地的心胸
细心为地球听诊

　　　　2004 年 10 月 13 日

剪　贴

剪彩云剪星星
不辍地贴在本子
贴在脑壁

贴在大地

渐渐地
拥有自己一个天空

  2004 年 10 月 18 日

风　兰

怕高处不胜寒
嫌地上不洁净
宁愿吊在半空中
吮吸日月精气

嗨！风却偷走它的香韵
空留一袭靓丽的外衣

  2004 年 10 月 20 日

茉莉花

在百花丛中
我不想太惹眼
只在绿叶中开几点洁白
芬芳也宁愿被风带走

然而，一曲《茉莉花》
却把我名字扬天下

  2004 年 10 月 31 日

斗　鱼

不知什么时候结下仇恨？
一见面就眼红睛凸

唯恐天下不乱
从水里斗到天上
斗个你死我活

洒下倾盆红雨

　　2004年11月5日

榴　莲

散发芬芳
受人妒嫉
沁透香味
被人臭骂

算了
干脆化作无数尖刃

　　2004年11月7日

聆 听

捧勺湄江水
聆听——

泰北山脉的寂静
泰海湾波涛的喧闹

唯一听不到
曼谷城里的鸟啼声

   2004年11月9日

火 车

老祖宗留下
一个紧箍咒：
不许越轨一步

正正直直走
拐弯抹角
回去见老祖宗

   2004年11月9日

放水灯

手上放飞的水灯
在江河荡
心上放飞的水灯
在云海飘

江河的水灯寿短
云海的水灯代代相传

2004年12月7日

峰

站在山顶上
人比山峰更高

人总要下山来
然而
那"峰"是我立足的准点

2004年12月14日

苍 穹

小时候
屁股翘得老半天
敢与天公试比高

老来
仰望苍穹
叹息！高不可攀

2004年12月17日

太阳哭了

太阳
——宇宙的母亲
2004年12月26日哭了！

海啸太无情了
一下子卷走
她爱抚着几十多万孩子……

2004年12月28日于印度洋海啸时

赈灾潮流

没带钱包
又没带赈品

我
伸出一只胳膊：
"快,输血！"

2004年12月30日于印度洋海啸时

剑兰花

怕天塌方
剑拔弩张
警惕一生

等到将告别生命时
突爆一串黄花
——石破天惊

2004年12月31日

2005 年

观 花

在百花园观花
一朵花一种姿色

在人流中观花
一朵花千万种情

抓摸不定
搅得神魂颠倒

  2005 年 1 月 11 日

灯与黑夜

太阳神交给路灯
——夜里巡逻

黑夜见到灯光
躲到一角
嘿！冷不防
又在暗地里搞交易

  2005 年 2 月 1 日

三角梅

穿着红白黄紫的舞裙
伴着四季风
欢乐地跳着青春圆舞曲

一心只想展示丽质
忘却散发扑鼻的芳香

2005年2月4日

唐人街写真

古典的店铺古老的街道
汉字的招牌潮语的会话
江西的瓷器杭州的刺绣
番禺的荔枝潮州的柑橘
宁夏的枸杞河北的白果
大陆台湾香港的 VCD

2005年2月16日

山　竹

不喜欢点头哈腰
也不爱阿谀奉承

营造一个属于自己的黑球

防备洁白的心肝受损伤

2005 年 3 月 3 日

狗

伴星月看守
冒风雨保护

对你一片忠诚
却被你随意欺打
到了忍无可忍时
别怪我的牙齿

2005 年 3 月 7 日

与缪斯相约

深夜
独坐小船
与缪斯相约

心动
船摇
抖落满天星斗

2005 年 3 月 15 日

蒲公英

在地上活着烦恼
乘着风给的翅膀
轻飘飘地飞上半天

东边卷起龙卷风
西边战火漫天起……

吓得又降落地上

2005 年 3 月 25 日

鹅

不像天鹅那样高贵
在地上唱歌没人听

只好把脖子伸得长长
好歹唱给蓝天听

2005 年 3 月 30 日

电风扇

风太懒了
电风扇帮工作

霎时间
大地欢动
出现一个清凉世界

2005年4月5日

吸尘器

世界太脏了
我要把它净化

吸了东
顾不了西

原来人类自己捅破了天

2005年4月16日

蚯 蚓

人们骂我没脊梁骨

让他说去吧
我却有一身骨气

不与生灵争阳光
在黑暗的地下
寻觅一个鲜活的太阳

2005年5月2日

造 屋

我用金钱
造了一间人见人爱的靓屋

我用一生的心血
造不出一间自己喜爱的书屋

尽管老之将至
此志的火焰仍然不熄

    2005年5月4日

桥的埋怨

弯脊哈腰
驮你过河
背你过海

到达彼岸
你反转过头来
责备这叱呵那

  2005年5月12日

金链花
——泰国国花

黄色的云朵
从高空层层叠叠垂下

它靓丽地向天下展示：
脚下
是一块微笑的国土

2005 年 6 月 12 日

凉　亭

没门没窗
风
来来去去

坐随便
谈也随便
一个自由的小天地

2005 年 6 月 14 日

登　高

风
热情相迎

头发飘起来

一抹乱发
飞出一首诗

2005年6月16日

冰

晶莹剔透
没有一点私心

看我溶化后
一无所有

2005年6月16日

芦 苇

自见到了天日
便一股劲儿往上长

等到满头皆白
始悟：
挺立招风险
灵活"摇摆"的重要

2005年6月22日

老树三棵

黄叶落尽
根
分不出你我他

一团牢固的树桩
昂首期待
一声春雷

2005年6月22日

老　缸

老屋后那口老缸
何时坐禅入定？

张着嘴本想说话
顿悟：
还是不说为好

2005年7月21日

水　泡

吐几口水
鱼尾一卷就走了

人生的追求
往往
捞到水泡

  2005年8月3日

天台上的树

高高在上
却贫血孤寂

夜里恶梦
清晨流泪……

恨只恨自己的根
老是触摸不到大地

  2005年8月6日

雄　鸡

黑夜
天地无界线

东方鱼肚白
只等待
雄鸡一啼叫

  2005年8月19日

鹦 鹉

美丽的羽毛
掩盖了内心的痛苦

每个字每句话
都不是自己的意愿

只缘脚上锁着小鐵链

2005 年 8 月 19 日

错 时

一只公鸡的生物钟失灵
叫了一声

周围的鸡群都叫起来
——天亮啦！
天亮啦！

2005 年 9 月 2 日

老菜脯

配稀饭
还可口

一旦腌成老训条
硬要别人"吃"
——倒胃

    2005年9月2日

季　节

宝贵的人生
只剩下一个
季节

冬
落其华芬
——一个平淡之境

    2005年9月10日

老　屋

一轮弯弯的古月
照着一个破碎的小黑点
那是
抗日战争留下的残渣

一位坐在历史废墟上的老人
哼着《月儿弯弯照九州》

    2005年9月20日

错 案

100 铢
穷人眼里很大
富人眼里很小

命运之神判错案：
穷者失之又失
富者得之又得

  2005 年 9 月 23 日

忍 功

屋外风雨
屋内惊雷
指责声逐浪高……

心中的水银柱
依然在
——0 度

  2005 年 9 月 26 日

休 闲

步入庭园
与花谈话

好话情话梦话废话
怪话诳话谎话坏话
风凉话牢骚话枕边话……

总是心有灵犀一点通

2005年9月27日

问　题

树埋怨：
"风干扰我宁静"。

风牢骚：
"树拦住我的自由"。

"树欲静而风不止"
——上帝留下的一个古老问题。

2005年10月11日

感　触

一个鳏夫
望着湖边情侣依依

叹息——
岁月
偷蚀了

我爱情的甜蜜

2005年10月20日

放生(龟/鱼)

别胆战心惊
可以自由地走了

路上多风雨
远处
万顷碧波
在等着你

2005年10月27日

175号列车

挂着太阳旗的列车，
卡死在桂河桥的断轨上。

六万战俘与劳工的血汗，
已化作斑斑的锈迹。

墓地两千个魂灵还在呐喊：
把它推上历史的国际审判台！

2005年11月1日于桂河桥

老　柳

长大了
越来越看清楚
天空比不上土地

越老越把头低下
——吻自己的根
吻养育的土地

2005年11月28日

2006 年

解雇当夜

壁上
独坐着一个黑影
桌上
斟满一杯"夜孔"酒

子夜
空瓶狼藉

   2006年1月1日

影　子

日头当中
影子也不会出来

   2006年1月2日

思　念

驱不散,剪不断
一端愁云,一端彩虹

今夜索性不入眠
静闭双眼
咀嚼思念的滋味
——苦涩而甘甜

2006年1月3日

老　路

在记忆中告诉我
这是我走过的路

回头寻觅
那足迹
已编织成一张网

2006年1月16日

溪　流

不知何时何地的溪水
流进你
我

他的心田

感情的溪流
纵横四溢

2006年1月24日

佛教城

佛祖祥和地站在彩云间
凝视
天地人间

净土——有限
视线——无限

2006年2月5日

窥 世

趴在峭壁上
窥世：
孰是人？
孰是鬼？

一阵飓风
自己粉身碎骨

2006年2月8日

雨如是说

雨下着
风说：
我把你带到天边

雨说：
不行
我的归宿——土地

  2006年2月8日

眼　镜

妈妈给我的眼睛
已模糊不清

请给配副眼镜
让我的视线
延伸
延伸
再延伸

  2006年2月8日

老 车

将被弃在路边荒野，
但还有梦的期待

停停走走
走走停停
日复一日
走了一程又一程

2006年2月12日

老 树

只剩下几片黄叶
随着秋风飘零

望着一抹夕阳
似乎还有梦

2006年2月25日

牵牛花

老祖宗教我：
背着喇叭往上爬

中国神舟六号上天

我爬得最高
吹得最响

2006年2月25日

灵　感

脑中一片空白
突然
灵犀一点心中来

笔端
与日月星辰对话
与天地之神对话

2006年2月27日

两颗萤火

庭园里花木睡了

不知何处
飞来两颗晶莹的琥珀
互相追逐

惊喜的双眼
骤然也飞出两颗萤火

2006年2月28日

竹 筏

在水上一线天漂流
似无路
又有路

似有路
又无路
哪儿是甩掉辛酸的出口处?

2006 年 3 月 5 日

孤 岛

远处的孤岛
生活在波涛万顷中

它吟不出陶渊明的田园诗
只能讲述世事无常的故事

2006 年 3 月 9 日

盆 景

远看是个小不点儿
近看是幅画

它会悄悄告诉你:

在艰苦的岁月
怎样活得更美！

  2006年3月9日

退休即景

事务与愿景
消失

孤冷的身躯
对着病树
残月……

发呆

  2006年3月9日

鼓浪屿

大自然是个农艺大师
从女娲补天捡来几块奇石
从神农架移来奇花异草

在碧波荡漾的鹭江上
塑造一盆天下第一的山水盆景

  2006年3月31日

红 豆

千年的相思
凝成一颗通红

等等等
等君不来采
只好重新埋在土里

    2006 年 4 月 2 日

门

只为你打开
请进
屋里

一切的一切
都可以看
甚至我的心

    2006 年 4 月 9 日

石 榴

绿叶总在笑
它却嘟着嘴
而且越嘟越厉害

甚至涨红了脸

一生只为最后咧嘴一笑

    2006年4月12日

泼水节

脸腮已被抹成白脸
前头又泼来一瓢
后头又射来一串
头顶又倒下一桶

哎哟！分不出你我他界线
只有一片清水般的柔情

    2006年4月15日

水

草木皆笑我
傻
总是往低处走

我无悔无怨：
"生性清白
不懂怎样往上爬"

    2006年4月19日

烟 花

天空是个竞技场
我静悄悄地等待

一旦有机遇
挺身肉搏
——满天五彩缤纷

2006 年 5 月 11 日

椰 子

哪儿找净土？
绿叶尘染
根触浊水

唯有我那圆果壳
保存一壶最圣洁的水

2006 年 5 月 18 日

问 花

人人爱你的秘密：
丽质＋芬芳？
——摇头

丽质＋芬芳＋无语？
——点头

2006年5月20日

石　磨

日月星辰
山川花果
和着爱浆
磨磨磨
磨出一首首小诗

2006年5月23日

陨　星

星球
已没我立锥之地

不得不离开时
我忍着眼泪
给天空留下一道亮光

2006年5月28日

伏 睡

别老是仰睡
眼睛向上

时不时也要伏睡
眼睛朝下

看看底层的世界

    2006 年 6 月 1 日

浪 花

跳出母亲的怀抱
追风逐雨

咯咯的笑声
突然撞到山脚
碎了
洒下尽是泪

    2006 年 6 月 1 日

甜 梦

今晚很想有梦
上半夜无梦

下半夜做了个甜梦:

鼻尖贴着
一枝黑玫瑰

  2006年6月5日

雨　中

一觉醒来
还听到雨声

不如在梦中
撑着小圆伞
牵着另一只手
徐行……

  2006年6月23日

沙

在海滩
谁都不理睬我
甚至踩在脚底下

他们都不理解我的眼睛
——辨识大海
辨识宇宙

  2006年7月12日

诗　魔

本无形无色无声
敢与七十二变的孙大圣比高低

附花花说话
附水水唱歌
附石石跳舞
附笔笔底响惊雷

2006 年 7 月 15 日

闹　钟

叫走就走
叫停就停
叫闹就闹

请注意
今夜三点半
我与缪斯约会

2006 年 7 月 20 日

树　叶

在树上
想到地下走走

到了地下
又想过树上生活

尽管怎样挣扎
再也上不去了

2006年8月1日

登 山

拄着拐杖
三只脚
慢慢向前移动

脚下的群山
渐渐变矮了

朝着险峰步步趋近

2006年8月6日

探 海

站在海岸
总不知海有多深

一个海浪提醒我：
请小溪入海时
拿把尺子量一量

2006年8月15日

调 位

船，在陆地
盘腿坐气功

下了海
头顶蓝天
对风雨呼啸：
"我来了！"

2006 年 8 月 20 日

球

跳——跳——跳
眼珠，几十亿跟着转
从东半球
到西半球

天动地摇
一个天外飞来的"球"

2006 年 8 月 30 日

海 潮

一袭蔚蓝
跳舞来

把衣裳脱在海滩
网一囊沧桑
沉重
回去

  2006年9月1日

月　饼

把月光与浓情
揉捏成圆圆的月饼

一半敬天地
一半赠亲友

  2006年9月1日

池

太阳来洗澡
煮一池炽热

月亮来洗澡
脱一袭亮光

我的心掉到池中
意随喷泉任东西

  2006年9月3日

底 片

心中的底片
照相馆洗不出来

用感情和着记忆，
洗出来啦
——清晰而立体

2006年9月6日

筷 子

在宴席上
夹山珍海味

在笑声里
从伤口处
夹出一块冷冻的血

2006年9月10日

变 色

蔚蓝的海洋
突然翻个身

滚动的浪花

一片白

2006 年 9 月 13 日

小诗磨坊亭

风儿到这里
驻了脚
醉——诗人的自由谈

鸟儿到这儿
停了歌唱
惊——磨坊里磨出的小诗

2006 年 11 月 7 日

领　带

没有什么可抓的
只因系在脖子上

爱惹是生非的风
硬要把我当辫子

2006 年 11 月 14 日

价 值

门前那棵老树
要我把诗写在绿叶上
好让风朗诵

一阵狂风,纷纷飘零
清道夫把它扫进垃圾桶

哦!我的诗到哪儿了?

2006年11月30日

2007 年

花　语

沐浴雨淋的欢愉
与晨露接吻的甜蜜

芬芳被风带走的怨言
花蜜被蜂偷去的诅咒

——这些花语
只有诗人听到

   2007年2月7日

小舟三境

停泊在溪旁
是睡的时候

穿行在江河里
是醒的时候

乘风破浪在大海中

是梦的时候

2007年2月8日

炊 烟

在城市住久了
袅袅炊烟
已成为陈年记忆

蹲在灶边生火那小姑娘
她的长辫子
不知被烟云捲走否？

2007年2月9日

诗国梦

水上漂流的花瓣
是我心中的凋零

孤独的我，茫茫然
漂到一个奇异的国度

哇！那儿不食五谷
全是五谷酿成的酒

2007年2月9日

寻 找

在黑夜行走
我用眼寻找
——旷野的萤火

在黑夜行走
我用心寻找
——流动的诗行。

2007年3月1日

陀 螺

善于跳独脚舞
敢与黑旋风比速度

不管风雨怎样评说
只正视自己的立足点

——点正
旋转

2007年3月2日

池 鱼

到大海会淹死
在缸里会闷死

在喷水泉底下
悠哉悠哉
充分展示自己的游技与亮丽

2007 年 3 月 7 日

笋

草严盖大地
不让我出头露面

一夜春雨
我破土而出：

"等我成竹时，
给你绿荫！"

2007 年 3 月 9 日

跳 绳

一个欲飞的滚圆
想乘风飞天

尽管怎么跳
十个脚趾
始终"点"着地面

    2007年4月16日

挥 毫

蓝天当纸
大海为墨

立于天地间
执笔挥毫

墨汁里
有王羲之、颜真卿、怀素……

    2007年5月13日

一颗星

满天星斗

爷爷抱着刚满岁的孙子
把着他的小手数星星
数来数去总少了一颗

奶奶笑道：你忘了
去年8月5日那颗星落我家

    2007年8月5日

红头船

飘洋过海南来
太沉重了
载的都是骷髅

终于
在历史的长河中

——搁浅

2007年8月23日

路　灯

给黑夜点缀星光,
人们赞美说:
"没有你,我们将成为瞎子。"

当东方鱼肚白,
骤然,我被摈弃!

2007年11月29日

围　炉

想念那简陋的老家
冬天,

一家人围成的火炉
乐陶陶暖烘烘

不管外界雪飘冰封
炉里恒温总是 100 度

2007 年 12 月 25 日

2008 年

龟的决心

天有多高
地有多厚

龟戴着帽子
拄着拐杖
拿起测量仪器
决心做一次惊天动地的勘察

2008年1月6日

伤 悲

谁把大地炸得
遍体伤口？

地球开口要说话了

话到了喉咙
却被伤悲卡住

2008年1月5日

瀑 布

X个水孩子
从奇特绝壁奔出

一级又一级
欢乐地跳水

浪花飞溅四季

2008年1月18日

蜗 牛

天上,总是看不到
地上,却走出条条泥泞的路

2008年1月29日

火 柴

自有电灯后
我的名字渐渐被淡忘了

名字是过眼风云
我不在乎

怕只怕

保不住那点火种

2008年2月4日

苦 瓜

历练痛苦的
种子甜蜜的

熬煎了一个季节
皱了

皱了一身
菜谱上才有了名字

2008年2月5日

石磨飞转

八位志愿者
把五千年的石磨推动
夜以继日

春风迎来名师指点
石磨飞转
磨出一个小诗的春天

注：2008年2月5日，中国驻泰王国大使张九桓莅临小诗磨坊指导，并在小诗磨坊亭喝茶谈诗，题赐了墨宝："精彩在多磨"。

2008年2月5日

春来了

地球发情
一股脑儿把天吐绿

风从天边走来
敲着铜锣：
春来了！春来了！

　　　2008年2月8日

螳螂的大腿

一个黑影扑来
它奋力一跳

触须搓着大腿
觉得脚力尚好

昂首
向高空再作腾飞

　　　2008年2月9日

看　夜

渐渐地
藏到一块大黑幕里

唱一首《阴之歌》
演一出《幽之梦》

幕后锣鼓敲得震天响

2008 年 3 月 8 日

无　缘

她要进来
伞还没打开

我请她进来
她自己的伞已打开

两把伞越走离得越远
一把向左一把向右

2008 年 3 月 8 日

哭　诉

一只说：
"我的老家被导弹击毁了。"
一只说：
"我生的蛋都被人挖去吃了。"

两只逃难的蚂蚁
跪在地球上向天哭诉

2008 年 3 月 10 日于金融海啸期

蛤蟆的真实

其实
想吃天鹅肉
我未曾做梦过

一生不敢抛头露面
只藏在穴洞巴望
夜里有更多蚊子飞过

   2008 年 3 月 17 日

碑

人
轻轻地走了
只留下两座碑：

有字的立在墓前
无字的由后人镂刻

无字的不会风化

   2008 年 3 月 25 日

一尾鱼的发现

当走投无路时
便向水面一跃
竟发现
一个比海更宽阔的天

那晚他做了个奇怪的梦：
自己的鳃换成了肺

2008年3月28日

鸟的自由

地面太多交易
跳到树枝上生活

啊！高空多自由
我正奋力飞起

忽闻背后有枪声

2008年4月3日

蚂 蚁

从寒冷的黄土高原
搬到热带的黑土地

从充满阳光的地上
搬到暗无天日的地下

"土窑"还没建好
又悉今晚子夜洪水将泛滥

    2008年4月3日

股票市场

一串数字进去
买个笑
一串数字出来
买个哭

哭——笑——哭的重叠
脸上竟成热带的雨季

    2008年4月4日

佛

在半闭半开的佛眼前
我一无所求

从心灵的书架上
掏出珍藏的佛经
念诵再念诵

我也是一尊佛

    2008年5月5日

云的软功

漂浮的生活
练就了我一身软功

高山挡路
一层又一层

我轻轻地绕过
一程又一程

   2008年5月6日

心　祭
——赈灾短歌之一

伴着四川的凄风苦雨
我点亮心灵的烛光

走向苍茫的大地
把它种在颤动的黑夜里

   2008年5月15日

补 地
——赈灾短歌之二

天无情
把地球撕裂

人有情
在女娲补过的蓝天底下
中华儿女昂起不屈的头
大喊一声："我来了！"

2008年5月16日

连心锁
——赈灾短歌之三

从青藏高原来的黄河说
从泰北山脉来的湄江道
地震后，出现一个动人的新景观

两岸到处是金锁链
环上扣满的连心锁
比天上的星星更多更明亮

2008年5月18日

默哀时刻
——赈灾短歌之四

噙着眼泪
我默默地低下头
此刻，真想人死了有灵魂

我能一程又一程
挥手送他们安心上路
送到地球的最高处

2008年5月18日

双向道
——赈灾短歌之五

一道输出伤痛
一道输进希望

一道输出血泪
一道输进大爱

一道是风雨交加的黑夜
一道是不分你我他的阳光

2008年5月19日

看地图
——赈灾短歌之六

孩子问四川
孙子问四川

四川原来离我很远
地震后,离得很近
仿佛"住"在我心里

我已是四川人

  2008 年 5 月 25 日

老椅子

百年,还在老地方

不愿走动
不想开口

站直——我的个性

  2008 年 7 月 8 日

记事本

有亲戚从远方来
问起祖辈的沧桑

我向门前一指：
请问那棵老树

只见它像个历史老人
慢慢地翻开千年记事本

2008 年 7 月 9 日

垂钓的喜悦

深山
古潭
独坐
空钓半个世纪

梦中惊醒
钓到一条鲜活的大鱼

注：2008 年 7 月 15 日欣悉天津百花文艺出版社决定新版我 25 年前写的医学随笔《杏林拾翠》一书。

2008 年 7 月 15 日

描 红

走进书法启蒙
规规矩矩
不敢越雷池一步

八年专注
只描了四个大字
——北京奥运

2008年8月3日

跳 水

从云端跳下

在半空中,出现
几个惊险翻滚的"?"
落下一个"!"

溅起青春雪白的水花

2008年8月18日

诠 释

"!"——泪滴
喜时飞出

悲时渗出

喜喜——悲悲
凝成一根天柱
——顶天立地

  2008 年 9 月 8 日

天　心

高兴时，
伸手采下的是彩虹。
忧伤时，
伸手采下的是愁云。

噢！天空，
是不是偷藏我的心？！

  2008 年 9 月 19 日

铜　像

新诗重镇的山城
一座龙族诗歌形象的坐标

俯察
一首熟透醉人的新诗

仰观

一束缪斯灵光的聚焦

注:2008年西南大学为中国新诗研究所创始人、诗歌研究界著名学者吕进教授立铜像。

2008年9月28日

月亮日记

深更半夜,
月亮从窗口爬进来
坐在我椅上

喜滋滋伏案疾挥:
与"神七"对话的日记
——1、2、3则

注:2008年9月25日神舟七号上天,飞行68个多小时,运行45圈,于28日安然飞回中国大地。

2008年9月29日

星星树
——《越南行短歌》之一

高而直
在西贡马路两旁站岗

千百年
夜夜望星星

已铸成渴望和平的眼睛

2008年10月3日写于西贡

打　靶
——《越南行短歌》之二

端起曾打过敌人的长枪，
射出的子弹都飞到哪儿去了？

我追问着……

从森林响起回声：
当年命中的是仇恨的子弹！

2008年10月5日写于越南古芝

泡泥浆
——《越南行短歌》之三

泥染
一缸傻乎乎的玩童

在混浊中
挽回岁月
挽回童梦
挽回对土地的深情

2008年10月7日写于越南芽庄

竹　帽
——《越南行短歌》之四

　　海风
　　轻轻从帽沿吹过

　　留下
　　八千人民温馨的吻

2008年10月7日写于越南芽庄海边

局　势

　　洪灾之后
　　给大地留下无数的沉渣

　　我追问青天：
　　如何把它打扫干净？

　　天无语
　　顿时下着倾盆大雨

　　　　2008年10月7日

九皇斋

　　天上飘下一叶菩提
　　告知善男信女：

九皇斋来临

我请菩提
向飞禽走兽发个喜讯:
"人间吃斋十天!"

2008年10月9日

漓　江

船在山中行
山在水里走

才吻神笔峰
又抱九马山……

转眼间
通统被云雾抱走

2008年10月28日

夜明珠

有光就让
无光就站出来

心中
隐匿
一个对抗黑暗的光体:

翡翠·晶莹·透亮

2008年11月1日

岸　石

天天站着等待

她带着咯咯笑声奔来
只沾湿裤管

伸手拥抱
她又含羞地转身奔走

只好痴痴再等千年

2008年11月4日

黑瓜子

黑——白
阴——阳

阴的是月亮的女儿
阳的是太阳的儿子

一枚宇宙初始的胚胎

2008年12月5日

燕　窝

扒在岩壁上哭泣：
辛辛苦苦筑的巢
又被窃走了

从城里跑来的风说：
那带血的燕窝
在宴席上正腾腾冒烟

2008 年 12 月 5 日

酸辣汤

岁月
米面
泪和血汗
在碗里搅拌

倒出
一碗人生的酸辣汤

2008 年 12 月 9 日

哈 达

心中的洁白哈达

秃鹰俯视眈眈
老想从我睡中抢走

谁知,我
看似睡着
实是一直醒着

2008年12月10日于西藏暴乱时

石的惊觉

仰卧
见天边的水滴
滴落在身上

不知不觉地睡去

千年醒来
惊觉自己竟成了湖泊

2008年12月23日

囚萤火

黑夜屋前屋后
捕捉到的萤火
一个个囚进心房里

十年八载后
把它放出
飞成一行行闪烁的诗行

    2008年12月28日

2009 年

冰　箱

感情煮腾的文字
放进冰箱冷冻
把水分吸干再吸干

冷处理的文字：
多一个太多
少一个太少

2009 年 1 月 6 日

我与书

书在我眼里是海洋，
我在书心里是只船。

我问：何时到达彼岸？
书说：别问彼岸，
只问航程。

2009 年 1 月 10 日

两个影子

长发和短发
一前一后地走着

渐渐地手牵手
渐渐地身贴身

渐渐地
贴成一棵笔直的槟榔树

     2009年1月28日

雨中品茗

亭内
我与风一起品茗侃艺

亭外
雨,独站
品味壶嘴吐出的小诗

     2009年1月29日

永久的家

从土地长出来
活在蓝天底下

日月是我的父母
星辰是我的兄弟

风雨最了解：
我永久的家在何处

2009年2月9日

说旧事

旧事重提没人听

只有家里那口老缸
每次听了都很动感情

张开嘴未说话
肚里的眼泪已横溢

2009年2月19日

老人话

老人的话
年轻人嫌啰嗦

唯有几只小猫
听得
时而哭出声
时而跳起舞

2009年3月1日

春　牛

翻一个懒身
什么宿怨都忘了

睁开眼
河边长满青青的野草

尾巴一甩
拖着铁犁耕田去

    2009 年 3 月 1 日

锁　头

单身太寂寞
寻找到配偶——钥匙

拥抱接吻

顷刻
锁住他人
也锁住自己

    2009 年 3 月 6 日

裱书画

两张素不认识的脸
吻在一起
越吻越紧

不必海誓山盟
谁能把你们分开

  2009 年 3 月 9 日

抱　春

春天来,大地笑了
孙子来,我笑了

抱着孙子
如抱着春天

满眼花朵
天地人间灿烂

  2009 年 3 月 19 日

打太极

在一片声浪中
心如一盆静水

一来一往
轻盈如云
灵活如风

功夫在意守

   2009年3月22日

水　布

一条旧水布
湿透老华侨的辛酸

拧之,滴滴汗
再拧之,滴滴血

百年拧不尽
千年晒不干

   2009年4月2日

玩　诗

寻觅生活中
零散的星星

一个个吞进肚子
连梦带血
呕成

有规则有情感而成行的星星

2009年4月6日

菩 提

菩提树下坐禅
见到三片落叶

一片写着"佛"字
另一片画着佛像
第三片无字无像

2009年4月8日

拜月亮

初一,孙子吵着爷爷:
要吃天上的香蕉。

十五,孙子缠着爷爷:
要拿天上的球下来玩。

爷爷把着他的小手合十,
朝天一拜、二拜、三拜!

2009年4月15日

老相册

不跟时间走
老在原地方

五十年前在那里
五十年后还是在那里

翻翻这老相册
看看自己永驻的青春

2009 年 4 月 18 日

"阿爽树"

——赠阿爽文友

当年种下的阿爽树
是树,不是树
是梦里的理想种子

如今又到老地方:
哇!满树甜蜜的果实
竟成闪亮的心灵金子

注:澳洲的阿爽文友,九年前和文友们到云南采风,种下"阿爽树"。2009 年 4 月她又到故地重游,看当年种下的树。

2009 年 4 月 20 日

塔 影

盘坐河畔
静观天地人间

静默、飘远……

玄玄乎
荡于水底天

    2009年4月27日

不倒翁

不问怎样跌倒
跌得怎样

只知
跌倒爬起来

《跌倒算什么》
是他心中唯一的歌

    2009年5月4日

捉蝴蝶

一对蝴蝶飞入心扉
——在原野追逐
在蓝天共舞

我伸出无限长的手
捉到的只是一个童梦

　　　　　2009 年 5 月 5 日

回　馈

百川归大海
不敢占为己有

化为云
飘到天边

结成雨
洒落大地

　　　　　2009 年 5 月 8 日

池　鳄

忘了用尾巴的反击力
刚生下的一窝蛋被人偷走

想到亲生骨肉
不知落到何方

从没流过泪的双眼
终于泪水汪汪

  2009年5月12日

修 炼

拾起行囊
横渡彼岸

面壁青山绿水
与天地融合

归来
载满一船功夫

  2009年5月28日

念 经

千遍万遍地重复
渐渐地万物寂静

只有一种梵音
在九重霄外回荡

  2009年6月1日

绿 洲

海那边
是我梦里的绿洲

日出而作
日落不息

种的农田
长的都是方块字

2009年6月4日

粽 子

炎黄子孙
在血液里
早已结下粽子缘

年年不忘
把自己的怀念
投入心灵的汨罗江

2009年6月5日

钓童真

一竿钓丝
在记忆湖泊垂落

不在钓得多少鲜鱼
而在钓得多少童真

2009 年 6 月 8 日

小　贩

一肩挑月亮
一肩挑太阳

若要问家产
只有这副担子

2009 年 6 月 10 日

捉　月

天天写下的私人日记
总是把它藏在心窝里

今夜灯下书写
月亮走来偷窥

我伸开五指去捉
她却从指缝间溜走了

   2009 年 6 月 10 日

白烛光
——悼杰克逊

耳边还响着他的歌曲
哦！他却死了

处处都有泪水
滴亮心中的白烛光

此时，没有黑白黄之分
世界只有一种肤色

   2009 年 6 月 26 日

蜻蜓点水

首次，水的抖荡
吓得掉头逃跑

第二次，水的涟漪
逗得流连忘返

第三次，千重浪花
黏着腾飞的心

   2009 年 7 月 3 日

钓相思

坐在桥边垂钓
钓到一颗相思

痴痴再守候
空钓到白头

原来的那颗红豆
再也咀嚼不出滋味

2009年7月9日

落叶自语

我已老了
别再留住
让我自然飘落

即使遇到风雨
也别担心我寻不着母根

2009年8月1日

雨的宿望

一滴雨
被风吹到天边

落入大海

它掉泪了
原来想落到田里

2009 年 8 月 6 日

中　秋

天上的明月
地下的月饼

等了一年
两个"圆"拥抱

家家户户
为他们的团圆放鞭炮

2009 年 9 月 3 日

人妖表演

台上
目光之钓纵情放线

台下
勾住无数激荡的情欲

散场，上钓者

总是不愿脱钩而去

2009 年 9 月 5 日

珠穆朗玛峰
——盛世中国 60 周年庆

忍受了风,忍受了雨
忍受了雪,忍受了冰

终于高高昂起头来
站在世界制高点的讲台

一言九鼎

2009 年 10 月 1 日

醉 月

三杯落肚
飞到另一个星球

饮干吴刚的一坛桂花酒
醉倒在嫦娥的广袖下

抱着白玉兔
在梦中写小诗

2009 年 10 月 3 日中秋

弓

沉重的担子
把脊梁压成一把弓

再也挺不直了

"二脚"变"三脚"
拄着拐杖继续走

   2009 年 10 月 5 日

杨　桃

该给大地一盘硕果
在八月时节

甜甜蜜蜜，大大圆圆
那是包装做秀

酸酸甜甜，有棱有角
才是我的真实

   2009 年 10 月 14 日

树自语

绿色满树时
不觉有什么

黄叶凋零时
始觉:时间
偷走我的叶绿素
蚕食我的生命

2009年10月25日

九寨沟
——《四川行短歌》之一

看水中的蓝天
尽是奇树异草的童话

亲吻洛日朗瀑布
拥抱五梅海、珍珠滩……

哇！全身被染成七彩
我心被潺潺流水带走

2009年11月3日于九寨沟

黄　龙
——《四川行短歌》之二

无数彩池
从雪山顶
重重叠叠到山脚
橙黄透亮飘动

一条龙的天生血脉
川流不息

注：黄龙海拔 3000 米以上，以彩池、雪山、峡谷、森林"四绝"著称。

2009 年 11 月 4 日于黄龙

岷　山
——《四川行短歌》之三

聚焦："千里雪"
刹时
个个成了雪人

站在雪中的我
从冻僵的唇边
吟诵毛泽东的《长征》

注：毛泽东的《七律·长征》有诗句："更喜岷山千里雪"。

2009 年 11 月 4 日于岷山

杜甫草堂
——《四川行短歌》之四

那盏豆油灯依然亮着
伴着《茅屋为秋风所破歌》

高瘦的身躯
仰首捋须
弯腰弄墨……

都是我瞳中尊尊偶像

2009年11月5日于杜甫草堂

老　鹤

落叶纷纷
白发又添了几绺

头上掠过一只老鹤

拍着疲惫的翅膀
进入秋越过冬……

2009年11月7日

小 船

我生命的小船
被暗礁撞得百孔千疮

卸下沉重的生活砖瓦
装上轻快的方块字

面向文学海洋的彼岸
苦苦不停地划着……

2009 年 11 月 8 日

槟 榔
——为金沙先生"饯行"

生活很简单
只求一方瘠土

风来哗哗地活着
雨来滋滋地活着

风骨高且直
一树琳琅满目

注：金沙先生曾说：死是"旅行去"。

2009 年 11 月 12 日

沙 滩

海潮未到
闭眼睡大觉

海潮来了
在水中欢乐地跳舞

海潮退时
袒胸露肚望蓝天

　　　2009年12月1日

晚 霞

天边一抹晚霞
擦亮闪闪的灯

之后
黑夜
虎视眈眈

　　　2009年12月9日

盼 雨

屋旁的老缸
眼巴巴地望着

等着屋檐下的雨滴

等了一季又一季
肚子装满泪水

2009年12月18日于丹麦哥本哈根气候会议期间

铸　诗

春夏秋冬
日月星辰
与煮腾的感情
搅揉成一粒丹
在梦里发酵、蒸馏
浓缩·升华·净化

2009年12月19日

相思豆

那一脸纯真
走进眼帘
夺走多少思念

春去秋来
凝成
一颗咬不烂的相思豆

2009年12月25日

2010 年

卧 佛

是睡,是醒
一种猜不透的睡姿

天下太平时睡着,心醒着
天下大乱时醒着,心也醒着

只有在"空境"中
睡得千年打鼾

2010 年 1 月 8 日

化 缘

袈裟、赤脚
踏开晨曦的朦胧

化缘钵
装满善男信女的慈心

在通往佛门的路上

虔诚地走近佛祖身旁

2010年1月9日

墨　迹

洁白的宣纸
端端正正
挥下"清白"二字

冷不防
飞来几滴墨汁

哎！玷污了

2010年1月25日

太阳雨

海鸥啄开晨幕
万物鼓满憧憬
一颗颗露珠
装着一枚枚小太阳

突然飞来一片乌云
竟下起一阵太阳雨

2010年1月29日

缪斯和我

望天
飘下一首抒情诗

观海
涌出一首叙事诗

不约而来
挥之不去

2010年2月2日

北京鸭

披一身白雪
嘎嘎北京口音

它已有外国名字
问:"家住什么地方?"

曲项指向斜对岸
——临溪矮竹棚

2010年2月8日于泰国养鸭处

第一枝

天地窗外
一丁嫩芽

趴在白雪冰凌的枝头上
竖起小耳朵

聆听春姑娘脚步声
从天边随风走来
   2010年2月18日

玉 佛

本是无形无色
众生铸我一身翡翠

盘坐天地间
静听膜拜者的祈求

心,在彼此中"上网"
   2010年2月27日

青花瓷

青花满天飞
越老越风流

盛满
北国风光
江南秀色
古典和现代歌曲

　　　2010年3月1日

麻　雀

自知家底贫穷
常在路边觅残羹

明了世家低贱
甘愿栖居屋檐下

自知能耐微薄
不敢与鲲鹏比高飞

　　　2010年3月2日

小溪流向

要直就直
要弯就弯
要入地就入地

从家乡流到港湾

甩掉人间一切烦恼
毅然奔向大海

  2010年3月28日

和 尚

把亲身骨肉
交给佛祖当儿子

用佛经陶冶灵魂
铸成一尊与世无争的慈悲

遇事总念：
阿弥陀佛

  2010年4月7日

莲 叶
——《莲》之一

昨晚
生物钟失灵

在水面
睡过了头

被一只蜻蜓
轻轻叫醒

2010年4月7日

莲 花
——《莲》之二

带着晨露
还在做豆蔻梦时

就被摘走
插在青花瓷瓶

与佛
进行无字无句无音的对话

2010年4月8日

莲 蓬
——《莲》之三

不恋水的温柔
把头昂到半天高

眼珠越大越清楚：
"世上只有妈妈好"

低下头向妈妈
鞠个永生永世的躬

2010年4月8日

莲 藕
——《莲》之四

顺着冬藏的时序
把自己的身体
藏在污泥里

与世无争
过着洁身无染的日子

2010年4月9日

稻

扬花时
得意洋洋地飘荡

灌浆时
一天天沉甸甸起来

对天,越来越低头
对地,越来越弯腰

  2010年4月10日

斗　笠

从少年放飞
在天地间
日夜兼程飞旋

半个多世纪后
居然又回到身旁

同行

  2010年4月18日

歌 谣

孙子趴在我腿上
我教他唱祖宗留下的歌谣

孙子依在我身旁
自己哼出同一首歌谣

一首没有歌谱的歌谣
代代嘴里相授流传

    2010年4月27日

清 明

坟场上的墓碑
一座座一排排

黄泉路上
也有老中青

人间多少烦恼事
从此不必再牵挂

    2010年4月28日

行人道

小步大步
慢步快步

踏着城市的烦恼
踏着生活的躁动

来回走动着：
一个个又长又瘦的"！"号

2010年5月1日

鱼的命运

还来不及想个为什么
就不明不白被捞走

在热腾腾的饭桌上
睖睁着死不瞑目的眼睛

始见到
人间的假丑恶

2010年5月2日

问 路

人生密码在何方？

顺着小溪游入江河；
从江河又跳入大海。

茫茫前程何去处？
问星星、追月亮、赶太阳。

2010 年 5 月 5 日

落 日

眼睛的视线
拴住一轮夕阳

线断
迅速消沉

化作满天星斗

2010 年 5 月 6 日

啼 血

从地球那儿来的杜鹃
又飞回湄南河畔

瞥见驱散红云那一刻
高楼大厦火龙冲天

声声啼血
滴湿微笑的国土

2010年5月19日,于驱散"红衫军"之日

学禅坐

圆圆的卵石
像胖乎乎的孩子
跳到岸石学禅坐

忽见河那边
烽火四起
扑通扑通又跳下水

2010年5月19日,于驱散红衫军之日

风　筝

脖子被系着

在天上飘飞
想咬断绳索
又怕摔下来

东张西望:

"何处有自由的天?"

2010年6月5日

啄木鸟

扒在老树干
闲啄日影

日影啄成黑洞

嘻!
叼出一条"S"

2010年6月9日

时　间

一个无声无息的口
蚕食生命岁月

不知不觉
爬满荒凉的皱纹

不知不觉
无体无肤无形

2010年6月10日

树的哲学

在山林里
我能伸
成为一棵大树

在盆栽里
我能屈
成为一道靓景

2010年6月14日

老树静观

扒在峭壁上
欲坠不坠

近观
"独钓寒江雪"

远观
"大江东去浪淘尽"

2010年6月19日

吊　车

清晨
吊起太阳

傍晚
吊着月亮

从东移到西
从不误点
　　　2010年6月25日

活壁画

拍着薄羽的蚊子
趴在壁上求偶

壁虎伸出如刀的舌头
把它逮进肚子里

之后
壁上依然一片白
　　　2010年6月27日

月光酒

酒缸里
放进生活原料
加入情感酵母

存封十年八载

在月光下
独酌

  2010年6月29日

竹篱笆

牵牛花爬到竹篱高处
翘首看风景

麻雀站在竹竿上
低头睇视

一位农夫的右手
往篱笆外拔草

  2010年7月9日

蝉 鸣

几滴蝉鸣
叫醒一座森林

我问:天下事
你都"知了"了吗?

它"叽"的一声
向另一座山头飞去

   2010 年 7 月 10 日

浮 生

醉卧浮云

听不见地下的喧闹
看不清天上的诡谲

身随风飘荡
意守住丹田

   2010 年 7 月 15 日

蝙　蝠

百兽驱我成鸟
百鸟赶我成兽

白天争不到半杯羹
只有晚间出洞

在黑夜里
寻找属于自己的空间

　　2010年7月27日

地　瓜

不爱出头露面
甘在地下过日子

说我土也罢
骂我笨也罢

我的人生
只有二字:平淡

　　2010年8月1日

猫 说

像老鼠怕我一样
我最怕老板的瞪眼

一瞪：走不动
二瞪：讲不出话
三瞪：遭解雇
四瞪：……

> 2010年8月5日

月的情绪

掉到水里的心
化作一个月亮

心宽，月圆
心窄，月弯
心动，月随之荡去

> 2010年8月8日

花
——《梅花自语》之一

一片初雪
唤醒我的冬眠

按老祖宗传授的手艺
编织一树的灿烂

不与百花争春
只把点点花儿献给冬景

    2010年8月9日

根
——《梅花自语》之二

人们都说我
长在冰雪上

只要刨开表层
我的根是扎在土地里

唉！冰雪
总要为我做秀

    2010年8月10日

性
——《梅花自语》之三

不与天斗地斗雪斗
只顺着时序
花开花落

我的习性
喜欢在冰天雪地里
独自坐禅修炼

   2010 年 8 月 13 日

临摹《兰亭序》

临摹挥毫
王羲之在我身旁

笔意溶于浓墨
笔势藏于笔端

一字一盏灯
一纸满天星

   2010 年 8 月 17 日

田　螺

有个移动的家
在泥泞的农田
一摇一摆地走动着

一群村童把我当石玩
喊："一二三"
看谁丢得最远

   2010 年 8 月 19 日

画日出

天空是一张宣纸
在右上角
点一滴红墨汁
化开去

几朵浮云，一群海鸥
朝它翻飞

  2010 年 8 月 30 日

玩　球

飞起的球滚动着——

鹿死谁手
拼个你死我活

我惯于远离球场
在广袤的原野
独自踢着地球玩

  2010 年 9 月 3 日

蜘　蛛

编织一张网
记录走过的路程

风雨不断摧残
我针针修补

尽管抽出的是血丝
还是次次编入希望

　　　　　2010年9月4日

省　悟

两只青蛙吵嘴

从傍晚吵到天亮
从陆地吵到水里

一只突然醒悟：
闭上自己的嘴

风平浪静

　　　　　2010年9月6日

念　珠

解不开的心事
结成一串念珠

拨动念珠
解开一桩桩心事

心向彼岸靠近
彼岸——无岸

2010年9月9日

世博神鸟

在世界天空
飞了一百多年
"亮翅"了四十个点

终于飞到龙的国土

神奇东方之冠啊
它发出"惊叹"的最响声

2010年9月16日于上海世博会

夜上海

游艇
在七彩江上行走
两岸灯光
与天上星星接轨

东方明珠
是中国人的眼睛

2010年9月16日于黄浦江

玩　沙

公公陪孙子玩沙

孙子划一条弯弯曲曲深沟
是公公一生走过的辛酸路

孙子又砌一座小塔
珍藏着自己的童梦

2010年9月19日

钟　楼

地球行程的使者
站在高高的岗位上

不贪污,不怠慢
守时发出声音

告知一切生灵:
生老病死的时辰

  2010年10月1日

祭　祖

把追思化作三炷香,
走回历史的原野。

不找坟前的碑文,
只寻祖辈的传说。

朝天壁的图腾
——三鞠躬!

  2010年10月4日

跷跷板

降落的这边
碰到了地

翘起的那边
顶住了天

中间的平衡点
是我苦苦追求的聚焦

2010 年 10 月 9 日

圆图章

十五的月亮
给地球送个"圆"

没有起点
也没有终点

不声不响
盖在大地上

2010 年 10 月 20 日

留言簿

独坐凉亭
闲翻留言簿

一首首小诗
醉我心

字字句句
溶成一壶沁人的龙井

2010 年 10 月 25 日

归 雁

奋力地闪动双翼
心情越来越沉重

天,怎么不那么蓝
地,怎么不那么绿

回到老家我哭了:
几座青山都被剃光了头

   2010年10月27日

诗 岛

湄江那片秋叶
不知何时凋零

它似乎还有梦
苦苦地
向心灵建构的诗岛

靠岸

   2010年11月7日

秋 叶

一片黄叶
飘落一潭秋水
有声有色有形

沉淀我的心湖
无声无色无形

    2010 年 11 月 9 日

小白鼠哀思

一切痛苦
都先在我身上发生

求死不得
求生不了

一身素白
溅满自己淋漓的鲜血

注：在试验室里，总把小白鼠当试验品。
    2010 年 11 月 23 日

边界线
——《泰西边陲行》之一

静悄悄的桥
像断了弦的琴
弹不出友谊曲

只有浅浅的梅河
小声述说着
政局突变的故事

2010 年 12 月 11 日于泰缅边界关卡

龙盘艺苑
——《泰西边陲行》之二

搬来苏州园林
移来中国传统浮雕
牵来广州五羊……

喝乌龙吃潮菜挥书画

在边陲小城
独奏一支正统《龙文》曲

2010 年 12 月 10 日 11 日,于何锦江的豪宅"龙盘艺苑"

山中蔬菜
——《泰西边陲行》之三

摸一摸
一尘不染
抖一抖
落下几滴水珠

醉在一片绿色中

2010年12月12日,于通寨山脉农贸市场

拱桥口

拱桥的瘦影
如一钩弯月

岁月流云
带着还有梦的心
从拱桥口飘飞

2010年12月13日

冬三帖

冰,冬的肌体。

雪,冬的眼泪。

化零,冬的遗嘱。

2010年12月29日

自画牛

驮一囊方块字
反刍一生酸甜苦辣

日出在农田耕作
日落在草棚推磨

吃的是草
挤出的是血

2010年12月30日

交 棒

一条岁月长线
一端虎一端兔

骑虎刚到终点
兔即发出赛跑挑战:

起跑点
撞钟敲响的时刻

2010年12月30日深夜

2011 年

预　告

自然电波
频发一则惊人预告：

2011年元月1日黎明
亿万飞禽走兽
在喜马拉雅山顶开国际会议
向地球发出《环保宣言》

　　　　　2011年1月1日

高尔夫球

一粒高尔夫球
呼啦啦地飞上天
发觉宇宙太空虚

急忙返回
在青青的草地上
连翻带滚地跳起舞来

　　　　　2011年1月8日

古　寺

菩提树下
善男信女来来往往

风铃叮当响
寺内诵经朗朗

爷爷告诉孙子：
"那是你爸曾剃度的地方"

2011年1月9日

元　宵

今夜月亮不在天上
和我坐在花灯下吃汤圆

我说
润滑的元宵像你的脸
她说
馅内的芝麻是我的小诗

2011年2月7日

露

昨夜地球的泪珠

2011年2月8日

六行内小诗

小小的天窗

列队的魔技
变幻的萤火

在读者心头
灿然闪亮

2011年3月14日

情人节

从大西洋飘来
一朵克隆的红玫瑰
朵大艳丽芬芳

捞起怕被刺痛
放下又恐失落

一曲难完成的罗曼蒂克

    2011 年 4 月 7 日

蕉 叶

一只蚂蚁
掉到一片蕉叶上

顿时惊呼：
我发现一个绿色的新大陆！

    2011 年 4 月 9 日

黄山行

放飞的心
在千山万壑的云雾中飘游

与迎客松握手
陪笔架山禅坐

拔起那管天然的"生花笔"
挥一首无言的奇山峻岭

    2011 年 4 月 9 日

龟的行程

雷雨过后
又敢伸出头

周围一切都已老去
自己走了十万八千里

整整盔甲
再作一次马拉松赛跑

    2011 年 4 月 22 日

粽子魂

华夏子孙的心
揉成一颗颗的怀念
投入心灵的汨罗江

一团诗魂
如"蘑菇云"
升腾、扩散、弥漫……

    2011 年 5 月 24 日

童 年

划着小舢板
到湄南河那边
打捞一丝丝痛的童年

装着一船沉重
月下,摇着摇着……
回家写一首"河那边"的长诗

2011 年 6 月 6 日

临未名湖

月色的朦胧
网住我的一颗诗心

垂柳、明灯、伯牙塔
在水中享受静的安宁

我的一首未名小诗
静静从那湖心捞起

2011 年 9 月 13 日于北京大学

见《荷塘月色》

朱自清走了

田田的荷叶
袅娜的花儿
依然笼着轻纱的梦

只是今夜
多了一个水中的圆月

2011 年 9 月 15 日于清华大学,中秋日

那棵椰树

月亮挂在椰树上
在中国在泰国
都一样圆一样明亮

在中国的那棵椰树
是叶落归根的爷爷
带回家乡种的种子

2011 年 10 月 1 日

草和山

草要山下来

千年
挪不动半步

山要草上去
一阵春雨
满山碧绿

  2011年10月6日

洪　劫

是不是天壁漏洞?

车道变成水路
高高的椰树沉没
屋顶伸出颤抖的手
呼救声撼不动浪劫的天
地球在水中哭泣!

  2011年10月10日

七夕礼物

牛郎骑在牛背上
撮拾心中的残星
编织一个又一个"愁"

织女等了一年
相见不送玫瑰

倾出满腹的伤情

  2011 年 10 月 17 日

我见陶渊明

当年南山下的陶潜
坐在种豆的锄柄上

看我在南国篱笆下
把锄种着相思豆

相对俩无言
心灵早在网络上 QQ

  2011 年 11 月 2 日

色　盲

眼前只有两种颜色

大地拉开黑幕
幕后的五颜六色
地下玩什么权术
全然无法识辨

因我是个色盲者

  2011 年 12 月 30 日

2012年

美人鱼

鱼儿赞美她的尾巴
见到她的脸儿吓跑了

帅哥喜爱她的脸孔
看到她的尾巴逃之夭夭

独坐瞭望苍茫的人生
她的心事只有海风能诠释

2012年2月3日

春　雨

熬了一个冬天
没在北方零下40度冻僵
体温如冰似雪

南方的土地
舒展无限的暖和
迎来的是坚硬和冰冷的泪

2012年2月7日

赠 诗

我写一首诗
赠给大山

坐禅的大山
开了金口：

"我肚子也有诗
请借我一根笔！"

2012年2月7日

钓 鱼

提着钓鱼竿
走进股票市场

钓到小的
失去大的

钓到鬓发皆白
篓里的鱼都到哪儿？

2012年2月13日

鹏 鸟

一只折翅的西方大鹏鸟
到东方寻找受伤的因由

在一座古老的寺庙
一个老和尚正在讲《报应》禅课

它边听边在胸前划"十"
——"阿门"

     2012年3月6日

金鱼的叹息

只隔一层玻璃
决定一个种族的命运

像在时尚服装展的平台
我成为扭转身姿的模特儿

身价多少由人评估
我失去讨价还价的权力

     2012年3月27日

李白的月亮

李白爱的月亮
独揽上千年

今夜偶尔
掉落我家的浅塘

一群锦鲤围着那团的清辉
摇头摆尾吟诵《静夜思》

      2012年4月8日

墨 鱼

不敢出头露面
只在深海里
孤独和寂寞地行走

让周围去说三道四吧

一旦吐出"墨水"
海水皆变色

      2012年4月9日

槟　榔

天给一把伞
地给一条命

胖了懂得瘦身

三十六块垒成的脊梁骨
从小到老就是那么笔直

　　　　　2012 年 4 月 13 日

宋干即景

左,倾盆大雨
右,大雨倾盆
我竟成水中的游鱼

几位帅哥靓女
相互追逐
把我吻成个大花脸

　　　　　2012 年 4 月 15 日

神　九

把智慧和希望
从神州大地放飞

相约在太空
与天宫紧紧接吻

吻出一个横写的惊叹号：
"——."

2012 年 6 月 26 日

种　子

暴风雨
把我从南方刮到北方

在石缝里哆嗦
在风雪里打滚

冻成一条瘦瘦黄黄
补肾壮阳的冬虫夏草

2012 年 8 月 1 日

雪的意象

一身洁白
踏着凛冽的风而来

睁开明亮的眼睛
叩问"有"和"色"

在回归的终极路上
——无色无形无我无物

    2012年8月4日

蜻　蜓

几只蜻蜓
在草丛中跳舞

一阵狂风

剩下一只
趴在叶底
哭诉

    2012年8月4日

品　牌

岁月
把我腌成一缸品牌

打开
一半是咸汗
一半是感恩

    2012年8月5日

撑杆跳高

一个","
弹上云霄

一个"!"
从苍天降落

横空的"—"
顿时开了口

   2012年8月9日

奥运奖台上

背后冉冉升起国旗

一声喜
两滴泪

喜是汗水的甜蜜
泪是突破极限的负荷

全场,猛降喜怒哀怨的流星雨

    2012年8月12日

风兰的性情

脚不着地
在半空中荡秋千

草指它高高在上
风责它享乐主义

它舒展靓丽的衣衫
吟诵着庄子的《逍遥篇》

    2012年8月29日

钓

一杆贪婪的鱼竿
钓到泱泱大国的版图

遭到回天之力的浩气

竟钓到自己的喉头
吞不进吐不出

呕出一摊自取其辱的血

    2012年9月18日

无题歌

春水
描绘蓝色的线谱

秋雨
弹奏灵动的音符

大地听得入迷
随即敲定版权签约

   2012年10月1日

英　雄

一只老虎
一群螳螂
争论谁是当今英雄

一辆坦克驶来
老虎闪开
螳螂成群向它扑去

   2012年11月25日

海 带

在深海里
修炼成一叶飘带

暗礁挡不住
自由漂泊

再修炼千年
一壁不朽不烂的图腾

   2012 年 12 月 3 日

三峡·红叶

众木缤纷落英

在云雾中
它扒在峭壁上
摇着红扇子

摇走严冬
摇来暖春
2012 年 12 月 9 日

巫山新城夜景

层层叠叠,叠成一坐山城
点点缀缀,缀成一片灯海

一颗晶莹剔透的明珠
一座琳琅满目的宫殿

漂浮在水上,倒影在水中
依偎在山旁,镶嵌在天边

2012年12月10日

梦　境

年终大雪纷飞
老家屋旁的水蜜桃
结个金光闪闪的"甜"字

在没有月光的黑夜
落下那口会唱歌的老井

2012年12月22日

2013 年

拜四面佛

一颗静谧的诚心
不被外界喧闹引走

"许愿"燃成一绺烟
系住我冥冥中的佛缘

留下七彩花串
带回"五蕴皆空"

2013 年 1 月 14 日

残 荷

远离四季的纷争
一生真够清纯

无风无雨
瓣瓣自然飘落

无怨无悔

坦然回归母土

2013年1月19日

母　爱

一声枪响
小鸟惨然落地

惊飞的母鸟
盘旋再盘旋

哭得失了声，瘦得剩下
一个颤抖小小的黑影子

2013年1月26日

白沙子

脱掉蓝裳
随着风浪爬上岸

太阳一吻
骤然浑身雪白

一条连接天际的海岸线：
白——蓝

2013年2月24日

等 春

水未暖,鸭子也未先知
我已感到春来的味道

东南西北
春,来自何方?

我在天际等待
问暖风,追流云

   2013年2月28日

烹调冷盘诗

一缕白云
一袖清风
一瓢山泉
一声天籁

无米之炊的巧媳妇
烹调成醉煞人间的佳肴

   2013年3月19日

八卦图

两条鲸鱼
在地球的深海里
恋爱遨游
交配翻滚

伴着浩荡的血水繁殖：
二生三，三生万物

  2013年4月16日

三个标点

从瑶池取圣水
打个"？"

从山上瓢泉水
打个"。"

从心灵舀净水
打个"！"

  2013年5月8日

得　道

不知何年移来卧龙石
我禅坐成一棵菩提树

轻轻飘动的青苔
依偎着，蚕食着
咬出一个古典而无法破译的玄妙

菩提开口："得道了"

　　　　　　　2013年6月27日

家乡的路

挂在村屋的月亮
静静地盼着我回家
从胖等到瘦

我的基因与它有约
从青发走到两鬓霜白

家乡的路在脉管中

　　　　　2013年8月12

那株兰

近三千年的那株兰花，
屈原忘记写入他的赋里
如今开在我的窗前

屈原不屈头颅
成为它盛开不败的花朵

当我吃粽子时
《离骚》就在它嘴边哼起

     2013年8月29日

钓 月

初一钓
李贺"燕山月似钩"

十五钓
李白"月明白鹭飞"

无时无刻都在钓
杜甫"月是故乡明"

     2013年9月19日

竹的表白

三月
破土而出
节节长高

不与谁比高低
只想向天空表白：
我的腰杆是挺直的

  2013 年 9 月 30 日

唐人街

只有一条街
衣食住行
浓缩了龙族的精髓

琳琅满目的中国城
世代不失一个密码
——汉字

  2013 年 10 月 1 日

雨　巷

撑着雨伞徐行
相约在巷头

一个穿着素裙的倩影闪进
两人越走越贴成一个人

雨,一直下着
此刻,没有巷尾多好

  2013年10月12日

诗的味道

活蹦活跳的锦鱼
追食着小诗句
饱得连连打嗝

那嗝声里
闻到六行小诗
浓烈的味道

  2013年12月26日

镜　框

落泊的诗人死了
找不到安镜框的遗像

他的小影
已嵌在粉丝的眼眶里

  2013年12月29日

一品红

一阵暖风
从身边擦过
抖落一身雪白

穿着一袭红旗袍
在冰天雪地狂奔
舞出一个娇柔的林黛玉。

2013年12月29日

2014 年

一滴露

我的血汗与灵魂
凝成一滴露
晶莹剔透

清晨
照见我的影子
之后，徐徐化去

   2014 年 1 月 17 日

窗　外

雾霾笼罩曼谷
心事如一锅浆糊

打开窗子
飘来如潮的哨声

突然一声爆响
惊见有人中弹倒下

   2014 年 1 月 26 日

诗的风向球

湄南河畔高高升起
10＋1 风球
六行充沛的气体

测测诗界的气候
无风无雨
半圆彩霞飞起

  2014 年 2 月 26 日

距 离

天与地有距离
日与月有距离
山与山有距离
我与你与他有距离

只有孩子与母亲
零距离

  2014 年 2 月 28 日

老 马

从赛马场退下来
徜徉在青青的河畔

咀嚼大草原奔腾的岁月
尝玩着"夕阳无限好"

兴致时,在马厩旁写诗
诗稿全嵌在马蹄中

2014年3月1日

与春有约

在梦里与春有约
她驮在马背上来了

我在新建的门前
种了几棵树

她唤来雷电
哗啦哗啦下了春雨

2014年3月7日

千年菩萨

千叩拜万叩拜
叩不开千年菩萨启齿

静默相对禅坐
距离在袅袅烟雾中融合

喋喋不休的尘事
在菩萨的眉梢上悄悄荡去

    2014 年 4 月 2 日

一朵红棉

屋前的红棉树
盏盏火苗在燃烧
偶尔
一盏飘入窗内

小孙子边叫边跳
要爷爷把它做成台灯

    2014 年 4 月 26 日

窃 喜

春风
又在皇家田广场跳荡

几只风筝
在半空中
窃窃私语：
微笑国度又回来啦！

    2014 年 5 月 23 日

禅的音符

从天上掉下
一个无形的音符

跳荡
在湄南河的五线谱上

一曲禅的天籁
有声又无声

　　　　2014 年 5 月 26 日

树的牵挂

从深山移来的老树
像尊大肚弥陀佛
坐在浅盆中修炼

当北风吹来的时候
它总要把风留住
盘问家乡的景况

　　　　2014 年 6 月 9 日

天 泪

天上星星
昨晚又哭了一夜
因为地球又发生地震

我在回家路上
湿了一身

   2014 年 8 月 30 日

磐 石

不知哪个世纪
落下这块磐石

老百姓爱它
坚实透明、知冷暖

官宦们怕它
开口说出了内部的秘密

   2014 年 9 月 7 日

诗人啊,诗人

在荒野的深夜
有一盏孤灯

燃烧成诗行

惨烈地自焚
凝聚成一颗
透明的舍利子

   2014 年 9 月 30 日

搬 书

大大小小
抖落尘埃
从书架奔出

久违了
屈原、李白、鲁迅、巴金、莫言
莎士比亚、契科夫、欧·亨利、
重新与我对话。

   2014 年 9 月 30 日

三圆图

那晚的圆月
悄悄地从庭园的圆门
擦身而来

小孙子伸手抱住它
哈！霎时呈现一幅：

月圆门圆脸圆的图案

2014年10月2日

萤火的事

它不知从何处飞来
风说：你该去山村
发挥一点自己能做的事

听后，一闪一闪地远去
慢慢地在黑夜里
点亮一盏盏村灯

2014年11月5日

三人行

三人
醉倒在诗的路上

一人写了"满足"
一人写了"感恩"
另一人画了一幅
心中神往的"诗神"

2014年12月3日

蜗牛的家

唱着《流浪之歌》
走到哪里
就把家安在那里

有爱就有家
千年一个理念：
古老而传统

   2014年12月8日

农村老屋

从哪儿飘来的乡音？
既熟悉又悦耳

踏着暮色回家

从城市走到农村
过了村头的小桥
走进那点着油灯的木屋

   2014年12月20日

2015 年

自然的心事

满眼飘动的绿叶
摇落了贪、嗔、痴

捡个干净处
禅坐

顺着清明岁月
圆寂

  2015 年 1 月 3 日

钵 盂

捧着钵盂
走遍天南海角

装得孤独和寂寞
盛满知足和慈悲

面对着那雾般的彼岸

执着地走在佛的路上

2015年1月15日

碗的哲学

天空是个大碗

东半球是个碗
西半球也是个碗

我捧着小碗渐渐长大
大碗慢慢把我吃掉

生生灭灭在碗中

2015年1月29日

苦行僧

一把伞
一个钵盂
一根三叉杖

"无目的"地跋涉
千山万水的背后
烙着一串"由人评说"的印迹

2015年2月3日

题紫薇

在天是星
在地是花
开在小诗磨坊亭是诗

叶是诗句
茎是诗行
花是诗眼

  2015年3月6日

花与诗

一株不知名的野花
在庭院盛开
引来蜂飞蝶拥

在花瓣上题了诗
只见一朵孤云
冷冷地掠过

  2015年3月20日

横　渡

梦中的彼岸
有座迷人的诗岛

在河岸修炼
坐成一朵浮云

横渡
剩余的岁月

   2015年3月24日

看地图

圆球被压扁
形成一张薄纸

海洋、陆地、国家
割成大大小小的板块

总喜欢用放大镜
寻找我的家乡和自己

   2015年3月25日

一盘真话

一叶扁舟
皆是残诗断简
在李白的家乡靠岸

李白邀我共饮

录下那夜的酒话：
一盘实实在在的真心话

2015年4月20日

相思湖
（广西行之一）

梦中笑醒
拉开窗帘
见水中的一弯明月

走到柳下垂钓
愿上钩者
是湖心中那枚红豆

2015年7月20日

船内船外
（广西行之二）

船在漓江行

你我他对坐呷着桂花酒
啖着鱼、虾、蟹、螺"四宝"

船内船外尽在"仙"中
视觉、听觉、嗅觉、味觉、触觉
皆醉了

2015年7月21日

象 山
（广西行之三）

不知哪方来的大象
走到美丽的漓江
饮着清澈、甜美、浓情的水

以舔水为乐
竟忘记了回家

2015 年 7 月 24 日

千年龟
（广西行之四）

远离凡尘
深藏芦笛岩辟谷
一修就上千年

我如朝圣般
立于它身旁
求赐："龟者寿"的密码

2015 年 7 月 25 日

竹斗笠
（广西行之五）

踏上阳朔码头
买顶圆斗笠
似个桂林老百姓

把它带回泰国
在自家院庭劳作
当个大自然的儿子

> 2015 年 7 月 26 日

相同的兰花

屈原种的兰花
从汨罗江飘到湄南河
数千年开不败

我种下的兰花
开在屈原的《离骚》里

因为是相同基因的种子

> 2015 年 9 月 25 日

跳绳的感觉

离开地面
跳出一个童年

数一数
老来还能跳几下?

摸着胸口
一颗童心激荡

   2015年9月30日

羽毛笔

一群天鹅飞过
飘落一根羽毛

那是莎士比亚的笔

在方格上书写
锵锵作响
飘溢着16世纪的墨香

   2015年10月20日

墨 迹
（砚边觅诗之一）

此时
不为七色所迷

仅存
一种深情
一种追梦
一种颜色

　　　2015年11月2日

临 帖
（砚边觅诗之二）

两个显眼点
互动

行书之龙《兰亭序》
在我心中
走进走出

　　　2015年11月5日

行 笔
（砚边觅诗之三）

向前

向左、向右
势如破竹

后退
跬步也是绝路

  2015年11月8日

出　师
（砚边觅诗之四）

告别王、颜、怀

载着一船行、楷、草
喜滋滋
沿着历史的墨海
悠悠摇来

  2015年11月10日

挥　毫
（砚边觅诗之五）

心中砚池
沾着魏唐宋明的墨香

瓢江水研磨
剪白云作纸
醉挥篆隶楷草

  2015年11月15日

陪陶渊明种菊

种下一畦又一畦黄菊
坐在锄头柄上
陶潜满是秋天肥硕的期盼

我直起腰来站在篱笆下
遥望南山
莽莽浓雾不见山不见天

   2015 年 12 月 9 日

山顶等春

一只老羊
带着几只小羊
站在山顶眺望

冰雪融了
春风也来到了身旁
脚下的小草怎么还没绿?

   2015 年 12 月 25 日

2016 年

画 兰

墨,在砚中构思
一点成石
数划成兰

石奇花俏
醉落一地星光

   2016 年 1 月 1 日

树的生活

园里那棵无名的老树
日出晒晒,雨下淋淋
秋来落叶,冬去吐绿

天无边,地无边
"恩恩怨怨随风卷"
静静过着自己的日子

   2016 年 1 月 3 日

爬 树

生活＝爬树
爬上滑下
再爬上又滑下
X次以致无止尽

老了坐在树下
看月亮数星星

   2016年1月3日

猴 年

一树猴子猴孙
在欢庆自己的节日

猴王站在云端
手执千钧棒
一双金星火眼
"觉照"天下突变风云

   2016年2月1日

荷池图

田田荷叶下
青蛙作着白日梦

不声不响的水蛇游来
一口把它吞下

一池的荷花
无言无语

     2016年2月1日

窗外窗内

淳朴的黑土地
盛下一片片的落叶
窗外,换了季节

何处飘来一管羽毛
悄悄落在墨砚旁
窗里,蕴藏着文字的春天

     2016年2月8日

邂 逅

我是一绺烟
你是一朵云
在蓝天中邂逅

随着一阵风过后
你还是你
我还是我

     2016年2月20日

陪柳宗元钓雪

柳宗元太孤单了
我陪他在寒江垂钓

一千多年的蓑笠翁
钓的尽是"雪"

我钓了 10 年
满筐是蹦蹦跳跳的小诗

   2016 年 2 月 25 日

静　极

天上不见星月
地上草木皆睡
整个宇宙正在入定

突然
一滴蝉声
惊醒深邃的夜空

   2016 年 3 月 5 日

人　生

无数"了"字
连接的
曲线

    2016 年 3 月 23 日

中国诗魂
——为西南大学中国新诗研究所成立 30 周年而作

中国半个诗魂在重庆
魂中之魂在"新诗研究所"

它的建构，外是诗的砖瓦
内是吕进完整的诗学体系

从"所"走出来的"吕家军"
无论在哪里，那里就有"诗魂"

    2016 年 4 月 5 日

舶来的猫

一只舶来的波斯猫
炫耀自己舞姿的婀娜
捉老鼠搏斗的特技……
我问："会写诗吗？"

"喵！喵！喵！"
夹着尾巴溜走了

    2016 年 4 月 12 日

海　螺

大海是它母亲
在风浪里成长
在海中老去

飘到沙滩上的躯壳
始终张大一只眼睛
遥望生它养它的地方

    2016 年 4 月 18 日

孤　灯

夜,静得很荒凉
只有一盏孤灯亮着

灯下燃烧的人
不知今日是何年
独醉在诗行里

是酸是甜是苦是乐是死是活有谁知?

    2016 年 4 月 22 日

松 鼠

芒果熟透季节
上蹿下跳的松鼠来造访

尾巴驮来
一首首蓬蓬跳的小诗

双脚抱走
一个个"可口可餐"的金黄

     2016年5月1日

蚂蚁之志

一只不知天高地厚的蚂蚁
立志要登上泰山极顶

爬走了风雨,爬走了岁月
趴在"五岳独尊"石碑时

惊见一只老鹰
向它俯冲而下

     2016年7月23日

"蝴蝶"上网
——为中国第一首新诗胡适的《蝴蝶》诞生百年而写

胡适放飞的《两只蝴蝶》
在诗的天空"孤单"地飞了百年

忽见神舟 11 号飞船腾空而起
随即转向与太空人对话

双双坐在船舱里上网
倾诉行走新诗"怪可怜"之心路

     2016 年 8 月 23 日

有缘的一滴水

不知何处飘来一滴水
从头顶百会穴沁入我的心坎
又从脚底涌泉穴流入大地

偶尔在波涛浪尖上
见到那滴晶莹的水
欢乐地飞来与我拥抱亲吻

     2016 年 8 月 30 日

佛　前

十双手百双手
做着同一个动作
——合十膜拜

佛说:众生皆有如来种性
把心带回家吧
——禅坐净化

　　　　　2016 年 9 月 5 日

九皇斋素描

大地凸显三色：

绿——农贸市场的蔬菜
黄——商店摊贩插的旗子
白——善男信女的衣着

从外到里信守一个字
——斋

　　　　　2016 年 10 月 3 日

爆开的鞭炮

翻几个跟斗
在半空中爆炸

原来很神秘很花俏
炸开后
呵呵,是个"大草包"

   2016 年 10 月 10 日

种桃桩

不嫌老态龙钟光秃秃
只求有根在

春来自然绿
秋到便有果

栽在我家的浅盆里,
结出两颗红寿桃

   2016 年 10 月 5 日

云

在天地之间
原是可自由闲游的空间

你却甘愿去听风的话
忽而成乌云
忽而倾盆大雨

——没有主心骨

2016 年 11 月 10 日

夕阳自语

有人说我:"下山"
有人说我:"下海"

到了晚年
见过多少纷争事
一切随缘吧

我默默继续走自己的路

2016 年 12 月 19 日

候 鸟
——赠吕进

心中有把温度计
冬去春来,夏走秋归

衔着一根自由的笔
在地球版块翱翔

行脚落何处
即有诗学建构的灵光

注：吕进教授来信："我1月8日去新加坡,3月1日回国,每年盛夏寒冬都当候鸟。"

2016年12月30日

写小诗情思谈片

曾 心

（一）

诗人蔡其矫说："写作无论什么形式,都带有自传的性质。"可能有的诗人不同意,认为写诗"可以有翅膀飞上天空"（雨果语）。但我很同意。因为我觉得自己写来写去,总离不开一个"自我"。原生形态的"自我"不能当成艺术,艺术中的"自我"都是"人格自我提炼自我突破和自我净化"。这个"自我",有直接的"我",间接的"我",无形的"我","出世"的"我",梦中的"我",甚至灵魂出窍的"我"。

我越来越坚信："我"的心就是诗之心。"我"的灵魂就是诗的灵魂。

我写的小诗,有写社会、写大自然、写情爱、写生的渴望、写人的心态、写风花雪月、写日常生活、写念经坐禅等。这些东西,都是我"那双脚留在地上"（雨果语）所踏及的现实,是充满自我个性化的现实,感觉化的现实。我力图将这些踏及的现实,激活潜在意识,引燃自身的"小宇宙",助长想象力的翅膀,"飞上天空",让"现实"认知的情感,经过沉淀、过滤、感应、化合,净化、使之升华为一种既有贴近"现实生活"的影子,又有自己探寻"生命深层意义"的想象和理念。

（二）

我的学兄刘再复曾提出一个观点："作家在创作过程中,常常突破原来的设想。因为一旦进行创作,作家笔下的人物就有独立活动的权利,这种人物将按照自己的性格逻辑和情感逻辑发展,作家常常不得不尊重他们的逻辑而改变自己的安排。"写小诗,尤其是写抒情六行以内的小诗,没有人物的"独立活动",是否也常有"突破原来的设想"?我觉得一首小诗的形成,往往是在日常生活中,或由视觉、听觉,或由触觉、味觉、嗅觉等外在感官有所触动。这种"瞬间"或"刹那"的"触动",会立刻"转向""内在的感官"、"内在的眼睛"。因为最高的美不能靠肉眼而要靠心眼,要靠"收心内视"(普洛丁语)。只有从"外视"转向"内视",从停留在意识层次的"感觉",进入到潜意识层的"感悟",才能进入心灵世界精微的创作审美境界。在这种用"心灵视点,精神视点"(吕进语)的运作中,往往出现三种微妙情况:一是按照原来捕捉的意象,凭"刹那的感悟",产生"灵感的激流","灵感的爆发",被缪思所俘虏,成了诗的奴隶,不经意地产生一首好的诗。二是按原来外在感官所捕捉到的意象,进入"内视"的运作后,随着内在感官的认识,有更为复杂得多的美的彻悟,出现一个"突破原来的设想"的意境。三是在进入"内视"任意飞翔的状态中,思诗出了"轨",飞到另一个意象"星球"去,构成一首不是原来"意象"而是属于另一种意境的诗。

(三)

2003年,林焕彰当了泰国《世界日报》副刊的主编,他在《湄南河副刊》的左角上方,开辟一个"365刊头诗"专栏,每天刊登六行以内的小诗一首。开始我有怀疑:这块小豆腐干,能让诗歌的想象翅膀飞起来吗?当时我正好事务缠身,没时间写长文章,便试试写点小诗,以免让我的创作生命停止。于是,我把这些在饭前饭后,在驾车路上,甚至在梦中偶尔心灵瞬间闪现的,连自己也不知道是不是小诗的状态下写成的东西,寄去凑热闹。不料得到主编林焕彰与诗评家落蒂诸多的鼓励,给我勇气和力量。

世上的事,有时就这么蹊跷:祈求的,没有收获;并非期冀的,却收获了。我这个开始持着怀疑态度的人,竟然能在这块小小的园地,骑着"小马儿"从探路到走路再到有如走火入魔,如痴如醉地"驰骋",不到三年,竟于2006年在泰国出版了第一本六行内小诗集——《凉亭》(中英对照,陈思鸿译),2009年出版《曾心小诗点评》(吕进点评),2011年出版《曾心自选集——小诗三百首》,2013年出版《曾心小诗一百首》(中泰对照,陈伟林译)等,这是我梦中之外,意外之外的收获。

写小诗,看来是写一个生活的镜头,写一朵感情的浪花,写一点缥缈的思绪与顿悟,写一地一时景色与情调。但我在编辑自己的小诗集过程中,却发现所写的小诗,既有现实的也有非现实的,多数写闭上眼睛而心灵闪现的"现实"。但不管哪种"现实",隐隐约约渗透着支配我生命单纯而强烈的四种感情:对大自然的热爱,对情爱的渴望,对知识的追求,对人类苦难不可遏制的同情。

(四)

诗学界,向来有"载道"之说,即"为人生而艺术",也有"不载道"之说,即"为艺术而艺术"。我们"小诗磨坊"不管你倾向哪一种,只要凭自己的个性、经历、气质与爱好,倾向哪一种都"无忌";或者两者兼用,相互参照,相互激活,摸出一条"载道"与"不载道"的中间路线也好。我们不重视诗学理论上的"缠绕",而提倡"八仙过海,各显神通",自我探索,自我挑战,大胆创格,写出或是体验"时代的悲欢",或是纯粹"语言艺术"的小诗来都好。

我的小诗多属"载道"之类,林焕彰在《六行,天地宽广——序曾心小诗集〈凉亭〉》中曾向我建言:"曾心已成就了他的'载道'的任务;下个阶段的发展,我想有必要多向'不载道'的方向探索;仍以六行以内的'小诗'作为一种'自我挑战'的形式,继续攀登'语言艺术'的更高峰。"林焕彰是倾向诗"不载道"一派的,即"为艺术而艺术"。他提出"玩诗"这个关键词,认为"诗是可以玩的","玩写诗,每个人都可以成诗人","玩文字,把文字当工具,活用文字,玩得开心","一辈子玩写诗,玩文字,玩创意,玩心情","撕撕贴贴,写诗,画画,都是玩玩而已。玩,为自己找一个出口"。传播"游戏观"的创作理念。的确,林焕彰的"玩"诗,如《影子》《妹妹的红雨鞋》《花与蝴蝶》等,都"玩"出了精彩,选入中国内地及港台地区的语文课本及各种不同选集中。

也许可以这么说,诗人的天性就是浪漫。"好玩"也是属于"浪漫型"之一,而浪漫有大浪漫,也有小浪漫。但凭我的个性、经历、观念与爱好,还是偏重于写诗时,多多少少能把人类的抱负、理想、雄心、梦想等大浪漫注入诗内,同时喜欢注入人类心灵美好的颗粒,让诗中氤氲着淡淡的心灵美好的笑声和泪光。

(五)

　　回顾中国小诗历史,多数写的是"晓畅自然、富于情趣的小诗"。但在六行小诗诗体,能否以小见大,滴水见太阳,写出一些大体裁,具有重大社会意义主题的小诗呢?我也做了一些尝试,如写咏史诗、政治诗、形势诗等。先看我写的《家史》:

　　　　三代沧桑
　　　　藏存于尘封的老烟斗

　　　　岁月的过滤
　　　　待我吐出时
　　　　依然是一缕缕的血丝
　　　　如烟似雾

　　在历代诗坛上,写咏史诗,一般都用叙事长诗,洋洋几百行,甚至上千行。我试只用六行来书写。不知能表达清楚吗?我当时心中无数,直至看到吕进教授的点评:"欲知诗的精炼,请赏此诗。"我心中才踏实了。
　　去年中东多处起战争烽火,又爆发全球的金融海啸。这样错综复杂的全球性的大问题,如从正面来写,非上百行不可。但我选用两只逃难的"蚂蚁"的对话,来反映这一重大题材。写了《哭诉》:

　　　　一只说:
　　　　"我的老家被导弹击毁了。"

>一只说：
>"我生的蛋都被人挖去吃了。"
>
>两只逃难的蚂蚁
>跪在地球上向天哭诉

吕进的点评：言此意彼，诗在诗外。

泰国历来是以微笑的国度著称。但自从军人政变，原总理他信逃到国外避难后，在群众中出现"黄衫军"和"红衫军"两大派的对立，好像中国"文化大革命"中的两大派，造成极大的后患。于是我用洪灾后，留存无数的"沉渣"，写了《局势》一诗：

>洪灾之后
>给大地留下无数的沉渣
>
>我追问青天：
>如何把它打扫干净？
>
>天无语
>顿时下着倾盆大雨

吕进点评：泪飞化作倾盆雨。

看来六行小诗，体积虽小，只要扭捏得法，就可达到"一花一世界，一叶一佛来"。

（六）

"小诗的特征是它的瞬时性：瞬间的体验，刹那的感悟，一时的景观"（吕进语）。这是一般小诗的特征。但一首带有浓厚的自传性质的小诗，它并不像人的"十月怀胎，一朝分娩"。它的"瞬时性来自长期的情感储备和审美经验的积淀"(吕进语)。有的诗"怀胎期"很长,如我写了一首练功"悟境"诗,仅仅六行,共 20 个字,却"怀胎"了二十余年,才在瞬间中"分娩"。

话要从 1981 年说起,当时中国掀起练气功热潮。究竟人体有没有"气"的存在,引起绝然不同观点的争论。为了要亲身探讨体内是否有"气"的存在,我从中国到泰国一再拜师。不同的"师父"用不同的手势和口诀来导引"气"。我在练功的过程中,既有寻找玄之又玄的"气"的欢乐,如"情不自禁,动不由人"等;又有遇到一言难尽的心灵"颤动",如"错觉""哭笑""翻病"等等。这些是初期修炼气功出现的"异常"现象。到了中期就有"灵异"出现,在黑夜静坐时,可见十指射出光束,有点像武侠片武打时指尖射出灵光。到了后期,便是"万法归宗",不论用哪种方法,甚至不用方法,只要一闭上眼睛,就身心即静,连自己也不知道在哪里中,只有一个"空"。

经过二十多年亲临"气场"的体验,悟到"空"境后,我于 2003 年 7 月 25 日才写了小诗《入定》:

盘腿静坐

坐到肌肤
骨骼躯干
五脏六腑
归于无

——空

唐·白居易有一首诗《在家出家》:"中宵入定跏趺坐,女唤妻呼多不应。"这是写静坐敛心,不起杂念的入定前心境。我这首是写入定后"空"的境悟。"空"者,佛教指"超出色相理实的境界"。《般若波罗密多心经》:"照见五蕴皆空。"《大乘义章》:"空者,理之别目,绝众相,故名为空。"

"入定"后,头脑处于空无状态时,一是能得到澄净空明的"宁静",二是有时会"真空妙有"的出现。就是平时积存在心里深处解不开的"难点"或"疑点",如写一首小诗半途"卡住",或因一句诗,或因一个字,偶尔也会在

"空"中闪现"不空",跳出意想不到的闪光的"字眼"或"佳句"。

释万行云:"朗朗虚空中虽无一物,但超越头脑以外的那点觉知还是存在的,当外界有信息传来,这个'空'中立即生起妙有,与此信息相应,用之即有,舍之即无,找不到也丢不掉,空有相应,周流六虚,隐现无常,鬼神莫测矣。"也许可以这么说:"真空妙有"的出现,就是"灵感"的到来,是可遇不可求的"黄金刹那",要是"在一刹那上揽取",乘兴而作,往往就会"下笔如有神",出现"神来之笔"的玄奥。

(七)

禅诗,因纯粹心灵感应,能产生空灵境界。如果心灵还有"尘埃",还摆脱不了佛家所说的"贪、嗔、痴、妄"诸念,就很难写出那种完全脱离"观照人生""审视世界""不食烟火"的空灵境界。只有在"空、无"的境界中,才能产生纯粹心灵的禅诗。

随着岁数的增长,在禅坐的"空、无"境中,我也追求"刹那间的顿悟",写些含有禅情、禅理、禅机、禅悦、禅趣而空灵的小诗。

说实在话,由"感悟"写出来的"禅"诗,自己所要表达的"旨意",往往也是"缥缥缈缈"的,要问其内涵是什么,很难有确切的答案。此时"读者要读懂诗,同样也要悟"。由于读者的"悟"有深浅,有高低,就造成对一首诗的含义理解不同,甚至出现歧义,这是很正常的。

最近,读了陈贤茂、杜丽秋的《曾心小诗与禅》一文,对写诗和读诗的"双向悟"有较透彻的阐释:

灵感是诗人进行创作时单方面的思维活动,顿悟则是双向的。诗人创作时要悟,读者要读懂诗,同样也要悟。下面以曾心的小诗《问路》为例,说明悟在写诗和读诗中的重要性。

问　路

人生密码在何方?

顺着小溪游入江河；
　　从江河又跳入大海。

　　茫茫前程何去处？
　　问星星，追月亮，赶太阳。

要读懂曾心的这首诗，是颇需要有一点"悟"的灵性的。诗中有两个设问句："人生密码在何方？""茫茫前程何去处？"在回答"人生密码"的时候，用的是小溪、江河、大海。在回答"茫茫前程"的时候，用的是星星、月亮、太阳。这两者之间似乎没有什么逻辑联系，因此就需要悟。如果我们的理解没有错的话，"人生密码"应该是喻指人的命运，那么，标题的"问路"，就应该是问人生之路，命运之路。用弯弯曲曲的小溪、江河，比喻人生道路的坎坷曲折，用江河之水汇入浩瀚的大海，比喻前路豁然开朗，人生已进入佳境。"问星星，追月亮，赶太阳"，则是喻指诗人志向的高远。

这是陈、杜二教授对"双向悟"的"导引"式的阐释。我感到很有"启悟"，便引出全段来，也让读者"悟"一"悟"。

（八）

退休之年，我的人生又来了一个大转弯：从悬壶治病，到做社会团体工作。之前，我接触到的人群，多数是病人，因而我写的散文，多数与病人有关，被称为"医学散文"。现在接触的范围大了，有各色各样的人，尤其是大大小小的侨领，这可以大大丰富我创作生活的体验。但体验人生也是痛苦的。有的"侨领"，出钱出力，可歌可敬，但往往财大气粗，咄咄逼人，给人有很大的压抑感。因而，时不时让我憋着一团心中之"火"，似"爆"又非"爆"，有如在《火山》所写的"使我一直处于／忍与爆之间"。生活和时间渐渐磨掉我的"火性"，情绪沉淀再沉淀，净化再净化，日复一日，在我的《日记》中发现自己"已铸成一个汉字／——忍／可缩短——拉长／压扁——搓圆"。"忍"还是静态的，被动的。要如何从静态转为动态，从被动转为主动。现实教育我,要学会做乌龟,即:"遭受欺压/把头缩成一块硬石/过后/继续走路"。

由此看来,我平时所思所想,所作所为,所爱所恨,无形中已在心灵铺垫了创作基石,只要有心去"寻"去"磨",去向潜意识"宣旨",脑壁的天空就会闪光,亮出诗之路。

(九)

写诗,评诗家很强调"意象",甚至有的说"没有意象就没有诗"。当然,写小诗,寻找别致而有趣的"意象"是很重要的。但我觉得一首诗,即使有很多立体的"意象",但它还是孤立的一个个,只有渗入诗人的意识、情感和情绪,并以之为经纬,把"意象"串连起来,重新铸造有诗人心灵影子的"意境",诗才能有"眼睛",闪亮起来,鲜活起来。

写小诗,受到字与行数的限制。在托物言志,借物抒情时,我喜欢把死物注入生命,把无情"物"转化为有情"物",甚至把自己钻到"物"中去,变成"物"的主人公。如写石,我就是石,石就是我,我有什么意识和什么情感,石也有什么意识和情感。因此,我笔下的石,有思想和情绪,有喜怒哀乐,能唱歌跳舞。

诗贵曲。写"曲径幽深"的诗是诗人们所追求的,写小诗也不例外。也许由于我的生性坦直,有些小诗想尽量要写得"曲"些,但老是"曲"不起来。有时甚至原谅自己,认为写一望无际的绿草、鲜花、羊群、白云、蓝天,如"天苍苍,野茫茫,风吹草低见牛羊"的大草原景色,不也是很美吗?!

文友说我的诗看得懂。当然,看得懂的诗不一定是好诗,看不懂的诗也不一定是坏诗。但晦涩深奥的诗,会让人有种"隔"的感觉。当前新诗会走向谷底,我认为,其中一个原因,就是新诗还没有完全找到"自己",远离群众,拒绝多数群众的观赏,只满足少数人孤芳自赏。因此,我的小诗,尽量避开难懂的字句,追求情绪"场"流出来自然而朴实的语言,甚至近乎口语化,也在所不弃。

有人写诗不用成语,但我认为:成语内涵精深,凝聚着龙国人的智慧,在关键处,自然流溢出来的一个成语,往往比一打形容词还强。